Gilgamesch

Zu diesem Buch

Das Gilgamesch-Epos, festgehalten auf zwölf Tontafeln in Keilschrift, gilt als das älteste literarische Werk der Menschheit. Die Geschichte des Königs von Uruk, der Unsterblichkeit suchte, gehörte zu meiner Kindheit. Meine Mutter musste sie mir wieder und wieder erzählen. Sie war Archäologin und als junge Frau an den Ausgrabungen im Süd-Irak, den Schauplätzen des Gilgamesch-Epos, beteiligt gewesen. In ihrem Nachlass fanden sich außer verschiedenen Übersetzungen des Epos' auch Fotos und Fachaufsätze. Das Epos fesselte mich mehr noch als früher, und es entstand der Wunsch, es einmal mit eigenen Worten zu erzählen. Aus dem Vorhaben wurde mehr, nämlich eine fiktive Reise in den Alten Orient, die den Mythos »Gilgamesch« mit dem Heute und dem Zustand unserer Welt verknüpft. Die Reise endete am Arabischen Golf. Und mit einer Vision.

WALTRAUD BONDIEK

Gilgamesch

Annäherung an einen Mythos

Bibliografische Informationen der Deutschen Nationalbibliothek:
Die Deutsche Nationalbibliothek verzeichnet diese Publikation
In der Deutschen Nationalbibliografie detaillierte bibliografische
Daten sind im Internet über dnb.dnb.de abrufbar.

TWENTYSIX – Der Self-Publishing-Verlag
Eine Kooperation zwischen der Verlagsgruppe Random House und
BoD – Books on Demand

© 2019 Waltraud Bondiek
Covergrafik: Fedor Selivanov/ Aggie 11/ Shutterstock.com
Herstellung und Verlag
BoD – Books on Demand, Norderstedt

ISBN 978-3-7407-5053-4

Inhalt

Null: *Was ich fand*	7
Eins: *Tontafeln und Keilschrift*	13
Zwei: *Woran ich scheiterte*	16
Drei: *Was war, was ist*	18
Vier: *Staub und Steine*	20
Fünf: *Mitternachtsvorstellung*	24
Sechs: *Kein Klang*	29
Sieben: *Tiefe Wasser*	31
Acht: *Im Totenreich*	34
Neun: *Für immer jung*	37
Zehn: *Blaue Stunde*	40
Elf: *Hoher Ton*	45
Zwölf: *Eine beleidigte Göttin*	48
Dreizehn: *Himmlische Verwandtschaft*	53
Vierzehn: *Verwoben, zerstoben*	55
Fünfzehn: *Little Boy*	57
Sechzehn: *Rache*	59

Siebzehn: *Jus primae noctis*   63

Achtzehn: *Zwischenrechnung*   67

Neunzehn: *Die Hierodule*   69

Zwanzig: *Werk des Weibes*   73

Einundzwanzig: *Im genetischen Flaschenhals*   77

Zweiundzwanzig: *Hominisation*   80

Dreiundzwanzig: *Stark und stärker*   82

Vierundzwanzig: *Zedernwälder*   87

Fünfundzwanzig: *Symmetrische Spiegelung*   89

Sechsundzwanzig: *Die Steinernen*   98

Siebenundzwanzig: *Im Schwemmland*   102

Achtundzwanzig: *Salomo Kapitel 3*   106

Neunundzwanzig: *Vor uns die Sintflut*   109

Dreißig: *Scheherezade*   117

Einunddreißig: *Gold to go*   122

Zweiunddreißig: *Lichtregen*   127

Dreiunddreißig: *Thron und Bett*   133

Vierunddreißig: *Kamelburger*   136

Fünfunddreißig: *Das Ende*   139

Quellen   142

Null

Was ich fand

Im Nachlass meiner Mutter begegnete mir Vergangenheit, nicht nur ihre, auch meine. Sie war Archäologin, hatte mehrere Jahre im Irak gelebt und war im Gebiet zwischen Euphrat und Tigris, dem Zweistromland, dem alten Mesopotamien, an den Ausgrabungen in Warka beteiligt. Die heutige Ruinenstätte Warka war im Altertum die Metropole Uruk und ihr berühmtester Herrscher der mythische König und sagenumwobene Held Gilgamesch.

Als meine Mutter 1967 nach Deutschland zurückkehrte, schwanger, befand sich in ihrem Gepäck das Fragment einer Keilschrifttafel aus Ton, die vor etwa fünftausend Jahren zur Zeit der Sumerer in Mesopotamien gebrannt worden war. Obwohl es verboten war, Altertümer auszuführen, selbst kleinste Gegenstände, schmuggelte sie das Bruchstück nach Hause. Bis sie starb, lag es auf ihrem Nachttisch und muss für sie mehr als nur ein Stück Erinnerung gewesen sein.

Zwischen den Keilschriftzeichen fiel ein kleiner Stern auf. Wie meine Mutter mir erklärte, zeigte der Stern vor der Zeichengruppe an, dass hier von einer Gottheit die Rede ist, in diesem Fall von Irnini, der sumerischen Liebes- und Kriegsgöttin, die von den Babyloniern Ischtar genannt wurde. Natürlich interessierte mich, was der Text über sie sagte, war Irnini doch mein zweiter Vorname. Meine Mutter behauptete, sie wisse es nicht, Keilschrift könnten nur Alt-Orientalisten lesen, einige wenige Professoren auf dieser Welt.

Mein zweiter Vorname lautet also Irnini, mein erster Henriette, in dieser Reihenfolge stehen sie in meiner Geburtsurkunde. Und »Vater unbekannt« steht da. Meine Mutter wollte es so. Sie war ledig, als ich zur Welt kam, sie ist ledig geblieben.

Ich erinnere mich, dass sie hin und wieder Briefe aus Bagdad erhielt. Sie kamen per Luftpost, gewichtslose Umschläge mit bunten Marken und diagonalen, blau-roten Randstreifen. Die Briefe schrieb ihr ein Mann, den sie Machmud nannte. Manchmal weinte sie beim Lesen. Nach dem Lesen aber knüllte sie das hauchdünne Papier jedes Mal mit einer entschlossenen Handbewegung zusammen und verbrannte es im Aschenbecher. Ein weißes, flüchtiges Nichts blieb zurück. Irgendwann kamen keine Briefe mehr.

So selbstverständlich wie anderen Kindern die Märchen der Gebrüder Grimm oder die von Hans Christian Andersen erzählt oder vorgelesen werden, so selbstverständlich erzählte mir meine Mutter die Geschichte des Herrschers von Uruk, seines Freundes Enkidu und der Göttin Ischtar. Ein mächtiger König sucht Unsterblichkeit und vermag es nicht einmal, den Schlaf zu besiegen. Schlaf ist die Schwester des Todes. Wusste er nicht, dass der Tod eine Frau ist? Die Geschichte fesselte mich mehr als alle anderen.

Als Kind hatte ich den Text wörtlich genommen und nicht verstanden, dass mit den Tieren Ischtars zahllose Liebhaber gemeint waren. So hielt ich sie lange Zeit für eine Göttin, die gerne Tiere quält. Dem lustigen, farbenprächtigen Rackevogel brach sie einen Flügel und setzte ihn in der Wildnis aus, wo er verletzt umherirrte und vor Schmerzen schrie. Dem Löwen, der ihr unerschütterlich zur Seite stand, stellte sie Fallen über Fallen. Und ihr sanftes, kluges Pferd peitschte sie bis aufs Blut, ließ es Stunde um Stunde bis zur Erschöpfung traben und gab ihm nur modriges Wasser zu trinken. Einen jungen Hirten schlug sie nach der Liebe so heftig, dass aus ihm ein Wolf wurde. Und den Palmgärtner, der ihr täglich Körbe mit Granatäpfeln, Mandeln, Melonen und Feigen brachte, verwandelte sie in eine Kröte, als er sich ihr verweigerte. Auch Gilgamesch konnte sie nicht verführen. Sie bot sich ihm an, doch er nannte sie eine Hure. Das beleidigte sie so tief, dass sie verlangte, ihr Vater möge ihr den Himmelsstier überlassen, damit sie Gilgamesch töten könne.

Meine Mutter erzählte mir auch von den Ausgrabungen in Uruk. Uruk, dieser dunkle, dieser wie erstickt klingende Laut weht mir bis heute Sand in Augen, Nase und Ohren, er setzt meine Poren mit Staub zu und breitet Bilder in mir aus. Wo auch immer sie herkommen, die Bilder, sie zeigen mir eine in den Sand, in den Staub gesunkenen Stadt. Ich habe die Überreste der kilometerlangen Mauer vor Augen, die Uruk einst wie ein Wall umgab. Ich blicke auf die Fundamente eines imposanten Stufentempels, auf Säulenstümpfe, auf Trümmer von Torbögen und Treppen, auf freigelegtes Mauerwerk. Ich erahne die Umrisse der Gräben und Kanäle, die vor Urzeiten das Wasser vom Euphrat in die Stadt leiteten. Eine versunkene Metropole des Alten Orients sehe ich.

In Uruk sollen schätzungsweise 50.000 Menschen gelebt

haben. Alle Bauwerke waren aus rötlich-gelben Lehmziegeln errichtet worden. Ich sehe die Stadt und sehe zugleich den Sand, mit dem die Jahrtausende Türme, Tempel, Paläste, Palmgärten und ein gigantisches Archiv von Tontafeln zugeschüttet haben. Ich sehe die Schutthügel, sehe Männer und Frauen graben, sehe sie uraltes Wissen freilegen: Namen und Taten von Herrschern, Helden und Huren. Meine Mutter sehe ich Skizzen und Lagepläne zeichnen, und unter einem großen Sonnensegel sehe ich die Fundstücke, die noch dokumentiert werden müssen: Scherben von Steingefäßen, kleine Götter- und Tierskulpturen, uralte Rollsiegel, Amulette, die Schlangendrachen des Marduk, die Sonnenstiere des Adad und Splitter von Dingen, die sich in Staub und Schweigen hüllen. Menschheitsgeschichte sehe ich. Und sehe sie zerfallen.

Über diese, meine inneren Bilder, legten sich Jahrzehnte später wie ein körperlicher Schmerz die Berichte über den Irak-Krieg. Soldaten, Panzer, Militärfahrzeuge, Bomben. In einem Fernsehbeitrag blickten Satelliten aus großer Höhe auf die Zerstörungen in den Ausgrabungsgebieten. Die Archäologen hatten sie verlassen, Plünderer waren ans Werk gegangen. Der Handel mit Altertümern blühe, hörte ich und erinnerte mich daran, wie das Gilgamesch-Epos die einst so prächtige Stadt beschrieb.

Während ich den Nachlass ordnete, beschäftigte mich plötzlich die Frage nach der Haltbarkeit von Papier. Tontafeln überstehen Jahrtausende, Papier einige Jahrhunderte. Ich fragte mich auch: Was werden Archäologen in ferner Zukunft über unsere Gegenwart noch erfahren können? Kein menschliches Sinnesorgan kann die Bilder und Texte auf unseren heutigen Speichermedien entziffern. Zum

Nachlass meiner Mutter gehörte auch ein Tonbandgerät, mit dem sie bis in die 1970er-Jahre Radiosendungen, meist Hörspiele und Konzerte, mitgeschnitten hatte. Vor kurzem hatte ich Lust, noch einmal hineinzuhören. Das alte Gerät funktionierte zwar noch, doch die Bänder spulten sich nicht mehr ab, das Material haftete auf der Rolle, als hätte sich die Magnetbeschichtung in eine Art Klebstoff verwandelt. Die Tonspuren waren zerstört.

Beim Ausräumen einer Kommode stieß ich auf einen Stapel Briefe. Flüchtig ging ich die Absender durch. Ein Name traf mich mitten ins Herz. Der Brief war in Paris abgeschickt worden, einige Jahre, bevor meine Mutter starb. Er stammte von einem Professor Machmud Soundso. Machmud? Auch der Mann, der ihr jahrelang aus Bagdad geschrieben hatte, war Professor und hieß Machmud. Ich zog den mattblauen Bogen aus dem Umschlag. Der Brief begann mit den Worten »Mon amour«. Die Handschrift war schwer zu entziffern, mein Schulfranzösisch verblasst, dennoch verstand ich in groben Zügen den Inhalt: Er hatte als Wissenschaftler den Irak verlassen, Grund waren die politischen Verhältnisse … Seine Frau und seine Kinder … Das Wort »getötet« brauchte ich nicht nachzuschlagen, auch »Terrorismus« und »Bombenanschlag« nicht, die französischen Begriffe gleichen den deutschen. Ich legte den Brief aus der Hand, um meine Gedanken zu beruhigen. Erst Stunden später war ich in der Lage, ihn zu Ende zu lesen. Machmud lebte nun im Exil, bei Freunden in Paris. Die letzten Zeilen konnte ich nicht entziffern. Es war Keilschrift. Eine Zeichengruppe war mir seit Kindertagen allerdings vertraut, man spricht sie »Irnini« aus. Der Stern fehlte.

Machmud schloss seinen Brief mit »Adieu« und einer Telefonnummer.

Eins

Tontafeln und Keilschrift

In Mesopotamien, dem Land zwischen den Strömen Euphrat und Tigris soll Gilgamesch vor etwa fünftausend Jahren gelebt haben. Seine Mutter war die Göttin Ninsun, sein Vater der König Lugalbanda aus dem Volke der Sumerer. Zwei Drittel Gott, ein Drittel Mensch war Gilgamesch. Seine göttliche Abstammung hatte ihn mit unbändiger Kraft, Wagemut und vollendeter Schönheit ausgestattet. Die Unsterblichkeit aber behielten die Götter für sich. Wie alle Menschen sollte auch Gilgamesch sterblich sein.

Seine steinernen Bildnisse sind verwittert, verweht ist seine Sprache, in den Staub gesunken sind die Tempel und Mauern der Stadt Uruk. Doch in den Sagen, die man sich noch tausend Jahre später im Alten Orient erzählte, lebte er weiter. Das Volk der Sumerer war längst in den Assyrern aufgegangen, als ein Dichter die Abenteuer und Heldentaten des Königs Gilgamesch niederschrieb. Da Papier zu jener Zeit noch unbekannt war, schrieb er seine Verse auf Tontafeln. Ein schräg angeschnittenes Schilfrohr diente als Schreibgerät. Man drückte es in den weichen Ton und kombinierte die keilförmigen Abdrucke in unterschiedlicher Weise, um Laute, Silben oder Wörter darzustellen. In Keilschrift geschriebene Texte gleichen fantastischen Mustern.

Es sind die ältesten Schriftzeugnisse der Menschheit, die wir kennen, älter noch als die Hieroglyphen der Ägypter.

Um das Geschriebene haltbar zu machen, wurden die Tontafeln in der Sonne oder im Feuer gebrannt. Hart wie Ziegelstein überdauerten sie Jahrtausende im Schutt der Ruinen jener versunkenen, zerstörten, untergangenen Städte Mesopotamiens. Mitte des neunzehnten Jahrhunderts wurden die Tafeln bei archäologischen Grabungen entdeckt. Zigtausende, ganze Bibliotheken kamen im Wüstensand zum Vorschein. Zusammen mit anderen Funden wurden sie nach Europa verschifft, wo nur wenige Jahre zuvor die Keilschrift entschlüsselt worden war. Gelungen war dies anhand einer dreisprachigen, in eine Felswand bei Behistun im heutigen Iran gemeißelten Inschrift. Einzelne Keilschrift-Zeichen waren zwar schon früher entziffert worden, hatten aber nicht ausgereicht, um die uralten Texte zu erschließen, zumal sie in verschiedenen, lange ausgestorbenen altorientalischen Sprachen verfasst worden waren. Aus zahllosen Tafel-Fragmenten unterschiedlicher Epochen und Herkunft haben Altorientalisten seither die Dichtung um den König Gilgamesch, das sogenannte Gilgamesch-Epos rekonstruiert. Jahrtausendelang war der Text mündlich weitergetragen, wortgetreu niedergeschrieben, immer wieder kopiert und bis in biblische Zeit in andere alte Sprachen übersetzt worden.

Zu den antiken Funden gehörte auch eine Tafel mit den Namen und Regierungszeiten sumerischer Herrscher. Diese Königsliste weist Gilgamesch als den fünften König der ersten Dynastie von Uruk aus. Die erste Dynastie von Uruk war die erste Dynastie nach der Sintflut. Und Uruk war die erste Großstadt der Menschheitsgeschichte, von der wir Kenntnis haben. Gilgamesch hatte wohl tatsächlich gelebt.

Über fünftausend Jahre hinweg wollte ich ihn anschauen, den sterblichen Gott, den gottgleichen Menschen; nach dieser unfassbar langen Zeit wollte ich noch einmal die Geschichte jenes sagenumwobenen Herrschers erzählen, der sich auf die Suche nach dem Geheimnis des ewigen Lebens begab, der »die Tiefe sah, die Grundfeste des Landes«, der »Kunde von der Zeit vor der Flut brachte« und »allumfassende Weisheit besaß«, wie es in der überlieferten Dichtung heißt.

Zwei

Woran ich scheiterte

Und dann lag er vor mir, der mürbe, zerrissene Stoff aus einer Zeit, die sich noch an eine die Welt verschlingende Flut erinnern konnte. Das Werk faszinierte mich seit Kindertagen. Ich wollte es nacherzählen, ich stellte mir eine Rückverwandlung der Dichtung in eine Geschichte vor, die sich entfaltet wie Musik. Je eingehender ich das Epos betrachtete, desto mehr bewunderte ich es. Je mehr ich es aber bewunderte, desto größer wurde meine Scheu, es nachzuerzählen. Denn es war schön, so wie es war, wunderschön wie eine archaische Skulptur, überzeitlich, fast sakral, etwas, an das man besser nicht rührte. Und doch.

Ich begann. Ich verwarf. Ich begann anders. Und verwarf neu. Das altehrwürdige Epos verweigerte sich mir. Meine Worte wollten nicht fließen, sie traten auf der Stelle, traten sich auf die Füße, kamen nicht vorwärts, sie sabotierten mich. Deutlicher als ich schien der Text zu spüren, dass er falsch klang. Ich ließ ihn in Ruhe. Ich wusste, dass er sich auch ohne mein Zutun auf die Suche nach seinem eigenen Ton begeben würde. Texte verfügen ja über die erstaunliche Fähigkeit, unbemerkt vom Autor in verborgenen Hirnkammern zu graben. Also vertraute ich darauf, dass er sich in einem unerwarteten Moment mit einer Idee bei mir melden würde.

Ich wartete geduldig, fragte nicht nach, wartete bald ungeduldig, doch jede Idee blieb aus. Das Epos zierte sich.

Ich versuchte weiterzukommen, wenigstens die Landschaft wollte ich mir vorstellen können, wie sie aussah vor fünftausend Jahren, als dort Menschen in Städten wie Uruk, Nippur, Schuruppak und dem sagenhaften Babylon lebten.

Drei

Was war, was ist

Jenes Gebiet, das im Süden des heutigen Iraks liegt, war vor fünftausend Jahren ein grüner Landstich, Schwemmland des Euphrats, von den sumerischen Göttern mit Fruchtbarkeit gesegnet. Weiden, Gärten, Dattelhaine. Ein System aus regulierbaren Kanälen leitete das Wasser vom Fluss auf die Felder. Man baute Getreide an, braute Bier, kannte die Töpferscheibe, stellte glasierte Keramik her, schmolz Gold, schliff Edelsteine, errichtete Tempel und Paläste, wusste um den Lauf der Gestirne und trieb Handel mit den Völkern des Nahen und Fernen Ostens. Gesetze ordneten das Leben in der Gemeinschaft und heilige Riten hielten die Götter bei Laune. Alles Wissen, alles Können hatten die *Sieben Weisen* sie gelehrt, die Abgesandte des Weisheitsgottes Ea waren. Und als die Welt in der Sintflut versank, waren es sieben fischartige Gottheiten, die alles Wissen, alles Können bewahrten und hüteten und den Sumerern zurückbrachten, als die Wasser gegangen waren. So der Mythos.

Würde ich heute nach Uruk reisen, ich würde in eine Wüste kommen. Der Euphrat fließt nicht mehr an Uruks Stadtmauern entlang, sondern zwanzig Kilometer weiter westlich. Im glücklichsten Fall würde ich in einem verbeulten Toyota ohne Klimaanlage sitzen oder in einem klapprigen Geländewagen, am Steuer mein Fremdenführer, der Tarik, Achmed oder Mohammed heißen mag. Sagen wir Tarik. Wir würden von Bagdad kommend den Tigris überqueren und auf einer Schnellstraße nach Süden fahren, über Al-Hillah, vorbei an Ölfeldern, Raffinerien, Tanks, am Straßenrand vereinzelt Palmen. Bei Samawa müssten wir dann in die Wüste abbiegen und auf einer staubigen Piste achtzehn Kilometer in östlicher Richtung weiterfahren.

Vier

Staub und Steine

Der Himmel ist weiß, die Wüste ein ockerfarbenes Nirgendwo, flach bis zum Horizont. Ich trinke aus der großen Plastikflasche, die ich griffbereit zwischen den Knien halte; meine Kehle ist staubtrocken. Wir fahren durch eine Wüste aus Sand, Steinen und spiegelglatten Seen, die sich im Näherkommen auflösen. Sandwirbel tanzen über die Ebene, drehen sich wie Dschinns. Erscheinen. Verschwinden. Flirrender, goldfarbener Staub. Die Hitze macht schläfrig, ich döse vor mich hin. Als in der Ferne stumpfe Hügel auftauchen, werde ich munter. Zehn Minuten später haben wir das Ausgrabungsgelände erreicht, auf dem seit dem Golfkrieg nicht mehr gegraben wird. Wir steigen aus, durchgerüttelt bis auf die Knochen. Willkommen in Warka! Eine Glutwolke empfängt uns, vom Himmel fällt Feuer. Meine schwarze Sonnenbrille mildert das gleißende Licht; um Kopf und Schultern habe ich ein Berbertuch geschlungen. Tarik trägt eine Kufiya, die traditionelle Kopfbedeckung irakischer Männer, dazu Jeans und ein Militärhemd.

Tarik entfaltet einen abgegriffenen Übersichtsplan. Eine gestrichelte Linie zeigt den Umriss der Stadt und den Verlauf der Mauer, die Uruk einst umgab. Elf Kilometer lang war sie gewesen, neun Meter hoch und neun Meter breit, so dass auf der Mauerkrone zwei Streitwagen einander passieren konnten. Sie war bestückt mit Zinnen und Türmen, bewachte Tore führten in die Stadt. In meinem Kopf entsteht ein Bollwerk, mächtig wie die chinesische Mauer, Feinde abwehrend, die Einwohner schützend. 26.554 Jahre nach der Sintflut sei sie unter König Gilgamesch vollendet worden, sagt Tarik. In dieser Wüste will ich es glauben. Wie sollte ich auch einen Zeitraum anzweifeln, den die Babylonier auf einer Tafel festgehalten hatten? Sie maßen die Jahre nach den Sternen, ihre Zeiteinheit war der kosmische Tag.

Wir besichtigen, was von Uruk freigelegt wurde. Man könnte meinen, die Stadt sei im Erdreich versunken. Im messingfarbenen Boden sehen wir Gruben, mäandernde Gräben von unterschiedlicher Breite und schmale Kanäle. Die Gräben mögen einmal Gassen, Durchgänge, Wege gewesen sein, die schnurgeraden Kanäle mögen die Bewohner mit frischem Wasser versorgt haben. Gebäudereste sind nicht mehr vorhanden, nur noch Mauerfragmente, wenige Handbreit hoch, die Fugen allenfalls zu erahnen. Jedes Bauwerk wurde aus Lehmziegeln errichtet, von der Stadtmauer bis zur monumentalen Zikkurat. Die Zikkurat, eine Stufenpyramide mit einem aufstehenden Tempel, war das Herz des Tempelbezirks, und der Tempelbezirk war das Herzstück der Stadt. Eine Mauer umgab auch ihn, um das Eanna, das Heiligtum der Kriegs- und Liebesgöttin Inanna, von der Welt abzuschirmen. Hieß sie nicht Ischtar? Tarik lacht. Kriegs- und Liebesgötter haben viele Namen. Ischtar wurde sie in Babylon und im nördlichen Mesopotamien genannt.

Ischtar! Der Name versetzt mich gedanklich sofort ins Pergamonmuseum. Wie in jedem Museum betrete ich auch hier eine Welt außerhalb der Welt. Ein Gong ertönt und leitet mich zu dem Tor, das Ischtars Namen trägt. Der Anblick überwältigt mich. Allein die Höhe. Die emaillierten Ziegel leuchten tiefblau wie ein Sommerhimmel. Löwe, Stier und Drache treten daraus hervor wie die Gottheiten selbst: Ischtar als Löwe, Adad als Stier und der Babylonische Stadtgott Marduk als der weiße, schreckliche Drache Muschuschu. Ich habe seinen geschuppten Leib vor Augen, seinen Schlangenhals und den Kopf, den eine zierliche Sichel krönt. Seine Hinterbeine sind die eines Adlers, bestückt mit Klauen, die Vorderbeine gehören einem Raubtier, der Schwanz trägt den todbringenden Stachel des Skorpions. Auf dem Sockelfries zu Füßen der Götter blühen Margeriten. Oder sind es Gänseblümchen?

Tarik zeigt mir auf seinem Smart-Phone Fotos vom Ischtar-Tor, wie man es heute in Babylon besichtigen kann. Leider sei es nur halb so groß wie das Original, das sich bei uns in Deutschland befindet, sagt er. War das ein Vorwurf? Ich denke, es war Bedauern. So gut wie ich weiß auch er, dass es Vereinbarungen gab zwischen dem Osmanischen Reich, später dem Irak, und den die Ausgrabungen finanzierenden Nationen. Das zerfallene, zermahlene, zermalmte Tor sollte in Berlin von Experten rekonstruiert werden. Jede Scherbe, jedes Bruchstück, vom Ziegelbrocken bis zum kleinsten aus dem Sand gesiebten Bröckchen, alles wurde in Kisten verpackt. Hunderte waren es schließlich, die auf dem Seeweg nach Hamburg und von dort weiter an die Spree reisten. Trotz allem betrachte ich den himmelblauen, die Ziegelglasur des Originals imitierenden Anstrich der Tor-Kopie mit einer Art von schlechtem Gewissen. Tarik wischt die Bilder auf dem Display weiter. Die Fotos zeigen das Tor mal mit, mal ohne Vorplatz, zeigen es von allen Seiten, mit Palmen im Hintergrund, mit der vorbeiführenden Straße, mit und ohne Souvenir-Bude ...

Und dann rutschen die Bilder, gewollt oder nicht, über das Tor hinaus in den Irak-Krieg. In den Ruinen von Babylon sehe ich amerikanische Soldaten, Panzer, Militärfahrzeuge und einen Hubschrauberlandeplatz, für den, wie Tarik mir erklärt, eine riesige Fläche planiert wurde.

Fünf

Mitternachtsvorstellung

Die Aufführung findet in der Fabrikationshalle einer ehemaligen Kelterei statt, Vorstellungsbeginn ist Mitternacht. Das Stück heißt »Gilgamesch«. Zeitgenössischer Tanz, Gastspiel einer slowenischen Company.

Schwarze Luft schlägt mir hinter der schweren Eichentür entgegen. Obwohl in dem Backsteinbau seit Jahren kein Most mehr abgefüllt wird, riecht es noch immer nach Äpfeln, süßlich und leicht vergoren. Der Vorraum ist spärlich beleuchtet. Im Halbdunkel ein Küchentisch mit Leselampe, hinter der Geldkassette eine Frau unbestimmten Alters. Die Warteschlange ist überschaubar. Ich stelle mich an. Das junge Paar vor mir möchte im dritten Rang sitzen, am liebsten in der letzten Reihe. Es gebe nur erste Reihen, antwortet die Frau. Ich nehme eine Karte für den zweiten Rang, der Programmzettel ist gratis. Im schwachen Licht entziffere ich die Titel der Tanz-Szenen:

Heilige Hochzeit
Enkidu
Weltenfahrt
Jenseits und Morgenröte

Ich bin gespannt.

Ein junger Mann mit Taschenlampe führt mich in den wie notbeleuchteten Zuschauerraum. Nein, die Beleuchtung sei nicht ausgefallen, sagt er, Dunkelheit gehöre zum Konzept. Über mehrere Metalltreppen folge ich ihm nach oben. Taschenlampen schwanken ringsum auf den Rängen, sofern man bei Baugerüsten überhaupt von Rängen sprechen kann, seine Taschenlampe weist mich in eine Holzbank ein. Ich rutsche zu jemandem an die Seite, sage leise »Hallo« und bekomme ein »Hallo« zurück. Dann Warten im Dunkeln, umgeben von Schatten, Flüsterstimmen und klirrenden Metalltreppen. Das Gerüst vibriert in den Eingeweiden.

Es wird still, als in der Dunkelheit eine Oud zu spielen beginnt. Ein Akkordeon schmiegt sich in die arabischen Klänge, blaugraues Licht legt sich wie Dämmerung über die Bühne, ich schaue hinunter in den Innenhof eines Tempels. Im Kegel eines Scheinwerfers ein Tänzer und eine Tänzerin, König und Hohepriesterin. Sie stehen einander gegenüber, Blick in Blick, berührungslos, nur über die Musik miteinander verbunden. Zeitlupenhaft strecken sie einen Arm aus und berühren die Stirn des anderen, verharren, bevor ein Bewegungsstrom sie fortzieht. Unfassbar geschmeidig umschlingen und verschlingen sich ihre Leiber. Heilige Hochzeit, ritueller Zeugungsakt, Lied der Oud, Lied des Akkordeons. Möge der Bund der Götter mit den Menschen Bestand haben, mögen die Götter dem Land auch weiterhin Fruchtbarkeit schenken.

Als der König Zepter und Siegel von der Priesterin empfängt, friert das Geschehen für Momente ein. Ein athletischer, ein ungewöhnlich stämmiger Tänzer hat die Bühne, hat den Tempel betreten. Er tanzt in einem Lendenschurz, seine Brust ist behaart, lange Filzlocken stürzen vom Kopf über Schultern und Rücken, sie sehen aus wie Schlangen. Vor sein Gesicht hält er den gebleichten Knochenschädel einer Gazelle. Der Mann ist Enkidu, der in der Steppe aus Lehm erschaffene Ur-Mensch, der mit den Gazellen umherzieht, der wie sie das Gras weidet und seinen Durst am Wasserloch stillt. Ein furios getanztes Solo zeigt Kraft und Aggressivität und das Tierhafte in Enkidu. Als die Hohepriesterin ihn erblickt, wechselt das Dämmerlicht ins Violette. Sie löst ihre Tunika und verwandelt sich in eine Hure. Die reizt Enkidu mit entblößten Brüsten und öffnet ihm ihren Schoß. Getanzt wird nun ein zügelloser Exzess, angeheizt von der Musik. Auf die Ekstase folgt Überdruss. Der Verführte will zurück in die Steppe, doch sein früheres Gesicht, das Gesicht der Gazellen, ist zerbrochen und lässt sich nicht mehr zusammenfügen. So folgt er der Hure zu Gilgamesch in den Palast.

Das Licht verdüstert sich, der Raum wirkt nun wie ein Verlies, Lichtstreifen überziehen den Boden, als scheine hinter den Fensterschlitzen die Sonne, aus dem Hintergrund dringen die Geräusche einer Auspeitschung. Enkidu stürzt sich auf Gilgamesch. Oud und Akkordeon schreien auf. Und ersterben. Dann der Zweikampf der Männer, Wut und Raserei, getanzte Kampfkunst und Akrobatik, keine Musik, nur Hochgeschwindigkeitstanz, das Keuchen der Tänzer und die Atemlosigkeit der Zuschauer. Enkidu kann Gilgamesch nicht besiegen und Gilgamesch Enkidu nicht. Sie geben ihr Ringen auf, sie umarmen einander wie Liebende.

Minutenlang Schwärze, gefolgt von Applaus, dass die Gerüste beben.

Die Suche des Königs nach Unsterblichkeit wird als Collage präsentiert. Lichtprojektionen, Klangbilder, Hip-Hop, Breakdance. Gilgameschs Abenteuer wirken wie in eine Fantasy-Welt verschoben. Da zuckeln skorpionhafte Wesen in der Art von Robotern über die Bühne. Da hantiert mit Brechstangen eine Gruppe von Tänzern, die wohl »die Steinernen« darstellen sollen, aber in ihren mit Luft gefüllten Plastikanzügen eher Michelin-Männchen gleichen. Da wird aus Gilgameschs Wettlauf mit der Sonne ein Tanzen im Stand und aus dem Edelsteingarten, in dem der Wettlauf endet, eine Spielhalle in Las Vegas. Und als Gilgamesch und Enkidu den Himmelsstier töten, ersetzt eine auf den Bühnenboden projizierte Filmszene, die ich aus *Apocalypse Now* zu kennen meine, den blutigen Akt. Man sieht eine Machete aufblitzen und den Nacken eines schwarzen Büffels spalten, man sieht den mächtigen, blutbesudelten Koloss zu Boden sacken. Ein tiefrotes Leuchten überzieht die Bühne, während eine körperlose Stimme denen, die den Himmelsstier getötet haben, ihre Strafe verkündet.

Wieder minutenlang Schwärze, minutenlang Applaus, minutenlang meine Angst, die Gerüste könnten zusammenbrechen

Nebel über der Bühne. Schilf rauscht, Wasser gluckst. Im Nebel bewegt sich, tanzt und wandert die lichtgeränderte Silhouette eines Mannes. Gilgamesch ruft ihn beim Namen. »Uta-napischti«, ruft er. Es ist der Name des einzigen Menschen, dem die Götter Unsterblichkeit gewährten. Gilgamesch eilt ihm nach, doch je näher er der Gestalt kommt, desto mehr verblasst sie. Als sie ganz verschwunden ist, setzt das Spiel von Oud und Akkordeon wieder ein und rotgoldenes Licht flutet Bühne und Zuschauerraum. Die

Tänzer versammeln sich, verbeugen sich in alle Richtungen und werfen dem applaudierenden, trampelnden, aufspringenden Publikum Handküsse und Worte in einer Sprache zu, die ...

Nein, man muss nicht alles verstehen.

Sechs

Kein Klang

Ich wandere durch Mesopotamien, ich wandere allein, eine rätselhafte Sehnsucht im Gepäck. Mein Weg führt durch eine Ebene, die in der Ferne mit dem Himmel verschmilzt. Es ist Blütezeit, ein rötliches Violett hat das Land befallen. Diese Farbe ist ein Ereignis in der ansonsten ereignislosen Landschaft. Allein das Licht verändert sich und mit dem Licht mein wandernder Schatten. Vor einem einzelnen, funktionslos in der Weite aufragenden Hochspannungsmast bleibe ich stehen. Wind schlägt die gekappten Leitungen gegen das stählerne Skelett, Rost überzieht die Oberfläche wie ein blasiger Ausschlag. Ich klettere das Gestänge hinauf. Über die Querstreben arbeite ich mich hoch bis zur Spitze, bis zu einer Glocke, die ich von unten gar nicht gesehen habe. Warum nicht, wo sie doch so riesig ist? Ich lege meine Hand auf ihren schweren Körper. Er ist aus Bronze, aber verformt, als hätte ein Ereignis ihn Temperaturen um den Schmelzpunkt ausgesetzt. Mit weit vorgebeugtem Körper und lang ausgestrecktem Arm gelingt es mir, den Klöppel zu fassen. Ich ziehe ihn zu mir, um ihn im nächsten Moment loszulassen und gegen das Metall donnern zu hören. Doch der Ton ist jämmerlich. Kein Klang, kein Dröhnen, nur Klirren und Scheppern dringen an mein Ohr.

Ich spüre, wie ich aus dem Traum mit dem wohligen Empfinden, gesund und ausgeschlafen zu sein, ins Wachwerden gleite. Eine Weile bleibe ich liegen, um mich diesem Gefühl hinzugeben. Ich sinne über den Traum nach. Für gewöhnlich sind meine Träume leicht zu entschlüsseln, dieser aber hält mich auf Abstand. Ich habe das Gefühl, dass da eine Botschaft war, an die ich nicht herankomme. Bevor mir das die Laune für den Tag verdirbt, schäle ich mich aus dem Bett und begebe mich nach unten ins Schwimmbad.

Sieben

Tiefe Wasser

Der Nachteil dieses Hauses ist seine Hanglage, sein Vorzug ist ein Schwimmbad im unteren Geschoss mit einer verglasten Front, die den Blick in die Landschaft freigibt. Heute Nacht ist der erste Schnee gefallen. Hinter den Fenstern beginnt der Winter, eine Welt in Weiß, weiß mit eisblauen Schatten.

Der Nachteil meiner Ehe mit dem renommierten Architekten Hagen M. war der Altersunterschied, ihr trauriger Vorzug ist es, jetzt als Witwe sorgenfrei in unserem wundervollen Haus leben zu können. Es ist großzügig, es ist licht, es ist modern. Viel Raum und wenig Möbel. Hagen war Ästhet, er liebte Materialien aus der Natur, edle Hölzer, gewachsenen Stein, subtile Farben, alles feinsinnig aufeinander abgestimmt, alles ganz unaufdringlich. Es ging ihm um die Schönheit des Selbstverständlichen und sublime Sinnlichkeit. Sein Stilbruch war ich, die zwölf Jahre ältere Frau.

Ich lege den Badekimono ab, dusche heiß, dusche eiskalt, gehe barfuß über den warmen, sandfarbenen Steinboden. An den Wänden schaukeln Wellen aus Licht, Spiegelungen, die aus dem Wasser kommen. Nachtblauer, fast schwarzer Granit kleidet das Becken aus. Das Gitternetz der Fugen schlingert sanft hin und her. Mein Sprung kopfüber zerreißt es. Neunundzwanzig Grad. Meine eiskalt abgeduschte Haut erschauert. Ich tauche das Becken in ganzer Länge ab, zehn Meter hin, zehn Meter zurück, ich tauche mit offenen Augen, wende vor der nachtblauen, fast schwarzen Wand und unterdrücke den Reflex, der mich zum Luftholen an die Oberfläche zwingen will. Noch zwei, drei Züge in Atemnot.

Tiefe Wasser. In der Vorstellung der Mesopotamier existierte unter der Erde ein Süßwasserozean, Ursprung und Quell aller Flüsse und Binnenmeere dieser Welt. An seiner tiefsten Stelle wuchs die Pflanze des Herzschlags, ein stacheliges Gewächs. Wer davon aß, würde nie altern. Es war das Geheimnis der Götter, und Uta-napischti, der von den Göttern mit Unsterblichkeit Beschenkte, offenbarte Gilgamesch beim Abschied die Stelle, wo er sie finden würde. Hatte er dem König von Uruk schon nicht zur ersehnten Unsterblichkeit verhelfen können, so sollte ihn wenigstens Jugendfrische bis ans Lebensende begleiten. Da band sich Gilgamesch schwere Steine an die Füße und ließ sich von ihnen in die Tiefe ziehen. An steil abfallenden Felswänden glitt er hinab ins blaue Dunkel, wo Abzu herrschte, der Uranfängliche, der Gott, mit dem alles begann. In meiner Vorstellung hat die Pflanze des Herzschlags das Aussehen einer Seeanemone, die wie eine pompöse, korallenrote Chrysantheme in der Tiefsee glüht. Da ich sie mir nur schwer mit Stacheln vorstellen kann, sehe ich ihre Haut mit giftigen Nesseln besetzt.

Ich muss auftauchen, meine Lungen wollen Luft, ich reiße den Kopf aus dem Wasser, japse und hechele und brauche eine Weile, bevor ich ruhig und zügig meine Bahnen schwimmen kann.

Zwanzig Minuten später verschnaufe ich, die Arme ausgebreitet auf dem Beckenrand, die Beine in sacht paddelnder Bewegung, mein Körper in der Schwebe. Der fühlt sich erfrischt, lebendig, schwerelos an. Draußen feines, weißes Schneerieseln.

Ein Mann im Parka, Strickmütze auf dem Kopf, stapft über die Terrasse auf das Schwimmbad zu. Es wird Heinz sein, denke ich, Heinz vom Hausmeister-Service. Von oben habe ich das Firmenauto vor der offenen Einfahrt gesehen und gehört, wie er angefangen hat, Schnee zu räumen. Doch es ist nicht Heinz, sondern Aldo, der jetzt nahe an die Glasscheibe tritt und suchend ins Schwimmbad schaut. Sein Klingeln muss ich überhört und mich zudem in der Uhrzeit geirrt haben, die wir für ein gemeinsames Frühstück verabredet hatten.

Aldo war Hagens Hausfotograf, ein Künstler, der Bauwerke wie kein zweiter in Szene zu setzen weiß. Hagen und Aldo haben viel und gerne miteinander gearbeitet, und mit den Jahren ist eine Freundschaft entstanden, die mich einschloss. Da sich Hagen auch in Südeuropa einen Namen gemacht hatte, hatte er häufig in Rom, Lissabon und Madrid zu tun. Wenn es sich einrichten ließ, reisten wir zu dritt, übernachteten in den schönsten Hotels jener schönen Städte. Sonnenkinder waren wir, Paradiesbewohner.

Acht

Im Totenreich

In Hagens Todesnacht haben Aldo und ich das erste und einzige Mal miteinander geschlafen. Wir hatten meinen sterbenden Mann im Krankenhaus besucht, und auf dem Rückweg wussten wir nicht wohin mit unserer Traurigkeit. Ein roter Bordeaux sollte uns trösten, doch der Lafleur Pomerol tat es so wenig wie die Stunden tiefdunkler Sinnlichkeit, die ihm folgten. Es fühlte sich an wie ein Verbrechen. Kein mildernder Umstand. Die Lust war zu grell, zu radikal und ohne jeden Nachglanz.

Nach dem Verrat an Hagen stieg ich jede Nacht hinunter in die Welt, die sich unter der sichtbaren verbirgt. Ich wollte ihn um Verzeihung bitten. Aus *Ischtars Höllenfahrt* wusste ich um die Regeln, die Fremde im Totenreich zu befolgen haben. Verboten waren saubere Kleider, waren Schuhe, war Schmuck, war Parfüm, die Zähne mussten schwarz gefärbt sein. Doch in schmutzigen Kleidern, barfuß, ohne Schmuck und ohne den vertrauten Duft wollte ich meinem toten Mann nicht gegenübertreten. So zog ich ein Chiffon-Kleid aus wehendem Schwarz an, legte eine Goldkette um und malte mir die Lippen blutrot, auf Schuhe verzichtete ich, damit meine Schritte die Ruhe der Toten nicht störten. Zuletzt öffnete ich den Flakon mit meinem

Lieblingsparfüm, das auch Hagens Lieblingsparfüm war. *Chergui*, flammender Wüstenwind. Der Duft trägt die Gerüche arabischer Frauengemächer in sich: Muskatellersalbei, Sandelholz, kandierte Mandarinenschale, süßer Tabak, weißer Honig.

Jede Nacht suchte ich eine andere U-Bahn-Station auf. Rolltreppen transportierten mich tiefer und tiefer unter die Erde. An den schwächer werdenden Geräuschen der Stadt maß ich meine Entrückung von der Welt. Was mich wunderte, waren die Menschenmassen, die sich aus den Zügen wälzten, geisterhafte, in Lumpen gehüllte Gestalten, gesichtslos, ununterscheidbar. Niemand beachtete mich, kein Aufseher hielt mich an und wies mich aus der Station, weil ich die Kleidervorschriften missachtete. Im Gegensatz zu mir war Ischtar, die auch Herrscherin des *Großen Oben* genannt wurde, von sieben Wächtern verfolgt und gezwungen worden, alle Insignien der Macht abzugeben, nachdem sie am Höllentor, dem Tor zur Unterwelt, erschienen war, es zerschlagen hatte und ins *Große Unten* vorgedrungen war, um ihrer Schwester Ereschkigal die Herrschaft über das *Große Unten* zu entreißen. Diadem, Lapislazuli-Ring und Zepter wurden ihr abgenommen, Arm- und Fußreifen musste sie ablegen, auch ihr königliches Gewand sowie die Goldnadel und den Gürtel mit den Geburtssteinen, der Gewand und Überwurf hielt. Nackt trat Ischtar vor ihre Schwester. Und verlor ihr Leben.

Meine Strafe war subtiler. Sie bestand in der Hoffnungslosigkeit meiner Suche nach einem Gesichtslosen in einer Masse von Gesichtslosen. Verzweifelt rief ich Hagen bei seinem Namen, lauter und lauter rief ich ihn. Keiner der Toten antwortete.

Aldo hat mich im Wasser entdeckt. Er winkt mir zu und deutet auf seine Uhr. Ich schlage mir die Hand vor die Stirn, hebe entschuldigend die Hände und klettere aus dem Becken.

Neun

Für immer jung

Wie immer hat Aldo zum Frühstück feinsten französischen Käse mitgebracht. Und weil es in *Gaston's Fromagerie* zudem die beste Brioche der Welt gibt, hat er auch sie in der Einkaufstüte. Und ein Baguette. Und getrocknete Aprikosen. Und Datteln, Nüsse, Feigen. Und eine ganze Weintraube, dunkelblau, fast schwarz, zaubert er hervor.

Wir frühstücken im Wintergarten, im Schneelicht, in Gesellschaft stattlicher Kakteen. Zum ersten Mal präsentieren sie sich als Gruppenbild mit Dame. Die Dame ist eine Kaktus-Säule. Sie hat etwa meine Größe und vermutlich sogar mein Alter. Im Gegensatz zu mir, die ich mit feuchtem Haar, Jeans und einem zufällig gegriffenen, rasch übergezogenen Pullover am Tisch sitze, hat sie sich herausgeputzt. Mit jungfräulichen Blütensternen. Will sie ihnen Schnee zeigen, den sie in ihrer mexikanischen Heimat nie zu Gesicht bekommen hätten? Aldo behauptet, dass diese Kakteenart zweihundert Jahre alt werden könne. Sollte dem so sein, würde dieses Exemplar noch existieren, wenn mein Nicht-mehr-Ich längst im *Großen Nirgendwo* herumgeistert, unter welchen Göttern auch immer.

Wir stoßen an. Ohne Champagner kein Frühstück mit Aldo. Wir schmausen uns durch die Käsesorten, greifen zur

Brioche, greifen zu Nüssen und Trockenfrüchten, brechen Stücke vom Baguette, zupfen dunkelblaue, fast schwarze Trauben und schieben sie in den Mund. Flockenleicht und unangestrengt ist unser Gespräch. Wir plaudern über Gott und die Welt, Hölzchen und Stöckchen, Kunst und Katastrophen. Ein bisschen Politik, ein bisschen Nonsens, ein bisschen Untergang des Abendlandes. Wir Paradiesbewohner werden überleben. Auf unser Wohl! Wir lästern und lachen.

Als wir die zweite Flasche Champagner zur Hälfte geleert haben, sind wir in so alberner Stimmung, dass wir uns sogar über die Liebe lustig machen. Die kann uns nichts mehr anhaben, finden wir, zu oft haben wir uns schon um Kopf und Kragen geliebt. Nein, wir lassen uns keine rosa Brillen mehr aufs Auge drücken oder uns Herz über Kopf in den Wahnsinn treiben. Seit wir uns die Liebe vom Leib halten, darin sind wir uns einig, sind unsere Nächte ruhiger geworden. Leidenschaften haben wir ausgelebt, zum Glück mit Glück, schlaflos machen uns heute ganz andere Dinge. Ja, wir lachen über die Liebe, wir tun es wie Kinder, die vor lauter Angst im Wald singen. Möchtest du noch einmal zwanzig sein? Du etwa? Jung für immer und immer? Lieber nicht.

Wir lachen und ich erzähle Aldo von der Pflanze des Herzschlags, die Gilgamesch vom Meeresgrund holte, weil sie ewige Jugend versprach. Und ich erzähle weiter, wie er sich mit ihr auf den Heimweg nach Uruk machte und dass er vorhatte, die Wirksamkeit zunächst an einem Greis zu testen, denn als König reichte er ja auch die ihm vorgesetzten Speisen, aus Angst vergiftet zu werden, vor dem ersten Bissen an einen Vorkoster weiter.

»Nach dreißig Wegstunden«, erzähle ich, »nach dreißig Wegstunden durch das heiße, staubige Land kam er an einen Brunnen mit kühlem, klarem Wasser. Er legte die Pflanze beiseite, zog seine Kleider aus und stieg in den Brunnen, um sich zu erfrischen. Hier nun kommt die Schlange ins Spiel«, sage ich, »denn wie man weiß, werden Schlangen gerne bemüht, wenn eine Geschichte überraschen soll.«

Aldo sieht mich auf eine schwer zu deutende Art an, dann zieht er die Flasche aus dem Eiskübel, der neben uns auf dem Tisch steht. Er will mir nachschenken, doch ich halte die Hand über den letzten Schluck in meinem Glas.

»Besser nicht, wir wissen doch, wie das endet.«

Er grinst, und ich fahre mit lächelnd ironischem Unterton fort: »Der betörende Duft jener Pflanze lockte die Schlange aus ihrem Erdloch. Lautlos schlich sie sich an und verschlang das Gewächs. Kaum hatte sie es geschluckt, verwandelte sich ihr Körper, er streifte seine alte Haut ab, und sie, die nun sichtlich verjüngte Schlange, machte sich wortwörtlich aus dem Staub.«

Der Himmel ist plötzlich aufgerissen. Licht über Licht. Ich folge Aldos Blick, der nach draußen gewandert ist. Was sieht ein Fotograf, was ich nicht sehe?

Zehn

Blaue Stunde

Unversehens finden wir uns in der blauen Stunde wieder. Dabei hatten wir unser Frühstück lediglich mit einem Kaffee beschließen wollen. Wir hatten uns in den Wohnbereich zurückgezogen, hatten eine Platte aus der Vinyl-Sammlung aufgelegt und uns einer angenehmen Trägheit hingegeben. Dass wir in den Sesseln eingenickt sein mussten, merkten wir erst, als wir plötzlich hochschreckten. Da war ein Geräusch, ein Schurren und Schieben, das vom Dach kam, gefolgt von einem dumpfen Schlag. Schneelast war abgerutscht.

Der Kaffee ist inzwischen kalt geworden. Aldo erhebt sich, um frischen zu machen, er kennt sich aus in meiner Küche, auch mit dem neuen Kaffeeautomaten, Minuten später ist er mit zwei dampfenden Kaffeebechern zurück. Einen drückt er mir in die Hand, mit dem anderen macht er es sich auf dem Sofa bequem. Wie die Geschichte weiterging, nachdem die Schlange die Pflanze aufgefressen hatte, fragt er, und ich bin mir nicht sicher, ob es ihn wirklich interessiert oder ob er einfach nur bleiben möchte. Ich an seiner Stelle hätte jetzt auch keine Lust, Schnee vom Auto zu fegen und die Scheiben freizukratzen.

Also erzähle ich weiter, während draußen das Tageslicht

schwindet. Und weil ich Ur-schanabi bisher nicht erwähnt habe, der Gilgamesch auf dem letzten Stück seines Heimwegs nach Uruk begleitete, beginne ich mit ihm.

»Ur-schanabi war der Fährmann, der die Toten ins Jenseits übersetzte. Gegen alle Verbote hatte er den sterbliche Gilgamesch in die Gefilde der Ewigkeit gebracht. Mit einem Fluch wurde er aus der jenseitigen Welt verbannt. Ein letztes Mal durchquerte er die Wasser des Todes, als er Gilgamesch zurück in die Menschenwelt ruderte. Als er seinen Kahn am Ufer festmachen wollte, zerriss das Tau und die Strömung trieb seinen Kahn davon.«

Ich sehe zu Aldo, der zu einem schwarzen Umriss vor nachtblauer Kulisse geworden ist.

»Und wo war der Fährmann, als die Schlange sich über die Pflanze hermachte?«, fragt er in die Dunkelheit hinein. »Er hätte sie doch vertreiben können.«

»Tja, wo war er? Diese Frage habe ich mir noch nie gestellt«, sage ich. »Keine Ahnung, aus dem Epos erfährt man es nicht. Die Geschichte geht damit weiter, dass Gilgamesch nach seinem Bad im Brunnen den Verlust der Pflanze bemerkt, dass er weint und Ur-schanabi sein Leid klagt. Weder Unsterblichkeit noch ewige Jugend habe er erlangt, bis ans Ende der Welt habe er sich durchgeschlagen, um hinter das Geheimnis der Unsterblichkeit zu kommen, tausend Mühen und Beschwernisse habe er auf sich geladen, in Bereiche sei er vorgedrungen, die vor ihm kein Lebender sah, und doch sei alles vergebens gewesen, seinen Freund und Kampfgefährten Enkidu habe er dabei verloren, wie einen Bruder habe er ihn geliebt. Unerträglich sei ihm der Gedanke, ihn jetzt im Haus der Finsternis zu wissen, jenem Haus, das mit Stille übergossen sei, keiner entkomme, der durch seine Tür gegangen sei. Staub sei nun Enkidus Nahrung, Lehm seine Speise, ein Federkleid werde ihm wachsen wie einem Nachtvogel. In der Stunde, da ihn die Lebenskraft verließ, sagt Gilgamesch zu Ur-schanabi, in jener Stunde habe Enkidu das Haus im Fiebertraum gesehen, verstaubte Königskronen hätten auf einem Haufen gelegen, Hohepriester und alte Herrscher seien in der Dunkelheit umhergegangen. Und Ereschkigal, die Königin der Unterwelt, habe er gesehen. Auf einem Thron habe sie gesessen, die Totenschreiberin Bela-seri habe zu ihren Füßen gekniet, habe eine Tontafel in Händen gehalten und die Namen vorgelesen, die darauf standen, Namen über Namen. Nein, nichts sei ihm geblieben, klagt Gilgamesch, mit leeren Händen kehre er in seine Stadt Uruk zurück.«

Die blaue Stunde ist zur Nacht geworden, die Dinge um uns herum haben ihre Gestalt verloren.

»Soll ich Licht machen?«, frage ich.

»Nein, erzähl weiter, ich höre gern im Dunkeln zu«, sagt Aldo.

Ich nehme meine Hand vom Schalter der Tischleuchte, sage: »Viel zu erzählen gibt es nicht mehr. Gilgamesch und Ur-schanabi setzten ihren Weg nach Uruk fort, sie wanderten zwanzig Meilen, machten Rast und legten dann die letzten dreißig Meilen zurück. Und als sie die Stadt erreicht hatten und vor der monumentalen Mauer standen, forderte Gilgamesch seinen Begleiter auf, hinaufzusteigen. Er sollte sich mit eigenen Augen davon überzeugen, dass das gesamte Bauwerk aus Backsteinen errichtet worden war; die uralten Fundamente sollte er bestaunen, die es vor der Sintflut schon gab, und einen Blick über die Stadt werfen, auf die Häuser, das Gartenland, die Weiden und den Tempelbezirk, welcher der Göttin Ischtar geweiht war.«

Ich umfasse den Kaffeebecher mit beiden Händen, nehme einen Schluck, nehme noch einen und trinke dann aus.

Ich sage: »Im Internet bin ich kürzlich auf ein Video gestoßen, in dem man sich virtuell durch die rekonstruierte Metropole bewegen kann. Leider hat mein Streifzug am Bildschirm, haben jene glatten, sandfarbenen Mauern, Treppen, Torbogen, Innenhöfe, haben all die Palmen und geklonten Bewohner all die Bilder überschrieben, die mir meine Fantasie in den Kopf gemalt hatte. Drei Quadratmeilen und eine halbe, das ist Uruk, das sind die Maße. Mit dieser Zeile auf endet das Epos. Sie findet sich auf der elften Tafel.«

Am Knarzen des Ledersofas höre ich, dass Aldo sich aufgerichtet hat.

»Und woher weiß man, dass es genau elf Tafeln sind? Es könnte doch sein, dass man noch mehr entdeckt und die Geschichte weitergeht.«

»Soviel ich weiß, wurden zusammengehörende Tafeln durchnummeriert, ähnlich wie Buchseiten. Existierte eine Folgetafel, vermerkte man ihre Nummer in der sogenannten Schlusszeile, in der auch der Titel der Tafel-Serie angebracht war, wobei der Titel regelmäßig aus den Anfangswörtern der ersten Tafel bestand. Über solche Merkmale war es möglich, selbst aus Bruchstücken zusammengehörende Tafeln und ihre Reihenfolge innerhalb einer Serie zu bestimmen oder zu rekonstruieren. Sogar einen Hinweis auf die Zugehörigkeit zu einer Bibliothek gab es, und wenn es sich um die Abschrift einer älteren Tafel handelte, wurde auch das angegeben. So konnte dem Epos übrigens noch eine zwölfte Tafel zugeordnet werden, obwohl sie nichts mit Gilgamesch zu tun hat. Die zwölfte Tafel malte den Mesopotamiern das Sein nach dem Tode aus.«

Meine Hand will zum Schalter der Tischleuchte. Aldo fängt sie in der Dunkelheit auf.

Elf

Hoher Ton

Als ich die Idee hatte, das Gilgamesch-Epos nachzuerzählen, kaufte ich mir als Grundlage die Neuübersetzung und Kommentierung von Stefan Maul, einem Heidelberger Assyriologen. Das Buch war 2005 im Verlag C. H. Beck erschienen und interessierte mich besonders deshalb, weil es die neuesten Forschungsergebnisse des Altorientalisten Andrew R. George berücksichtigte. Über Jahre war er in den Museen der Welt unterwegs gewesen und hatte nach Tontafeln oder Bruchstücken gesucht, mit deren Hilfe sich fehlende Textstellen des nur fragmentarisch erhalten gebliebenen Epos' rekonstruieren ließen. Mehr als hundert Stücke habe er zusammengetragen und verwertet, schreibt Stefan Maul in seinem Vorwort. Dennoch würde mehr als ein Drittel des Gesamttextes nach wie vor fehlen.

Die Übersetzungen, die meine Mutter mir hinterlassen hat, sind veraltet. Die älteste, die erste Übersetzung des Gilgamesch-Epos ins Deutsche überhaupt, stammt aus dem Jahre 1891. Der Band trägt den irreführenden Titel »Izdubar-Nimrod«. Damals war nämlich umstritten, wie die Keilschrift-Zeichen, die heute als *Gilgamesch* gelesen werden, auszusprechen sind. Izdubar? Oder Nimrod? Für beide Lesarten gab es wissenschaftliche Begründungen.

Erst anhand von später aufgefundenen Tafeln mit Aussprache-Hinweisen konnte geklärt werden, dass der in einer komplexen Zeichenkette überlieferte Königsname sumerisch *Bilgamesch* oder akkadisch *Gilgamesch* ausgesprochen werden musste.

Neben jener ersten Übersetzung besaß meine Mutter noch drei weitere, und zwar eine 1911 erschienene wissenschaftliche Neuübersetzung von Arthur Ungnad mit einer Kommentierung von Hugo Gressmann, eine Übersetzung von Albert Schott aus dem Jahre 1934 und eine Reclam-Ausgabe, die 2009 von Wolfgang Röllig herausgegeben wurde.

Gestern hatte ich Zeit, Muße und Lust, in den alten Bänden zu blättern. Schnell wurde mir klar, warum meine Mutter mir das Epos erzählt, nie aber vorgelesen hatte. Die Texte waren ungeeignet, denn es handelt sich um wissenschaftliche Werke. Sie geben wieder, was auf den Tontafeln entziffert werden konnte, und das war manchmal nur ein einzelner Buchstabe. Auslassungspunkte vermerkten jedes fehlende Wort, jede fehlende Zeile. Die Anzahl der Lücken war enorm und mit Vorschlägen und Mutmaßungen des Übersetzers gefüllt. Die neueren Texte hatten das Problem nicht mehr in diesem Maße, aber lückenhaft waren auch sie.

Allen Texten gemeinsam war ihr »hoher Ton«, ein erhaben und ehrwürdig klingender Stil. Offenbar war meine Mutter der Meinung, ein Kind damit zu überfordern. Mir selbst kam es beim Lesen gestern vor, als hätten die Übersetzer Homers Epen und Götterhymnen zu sehr verinnerlicht und den Klang griechischer Epen auch im Fall des Gilgamesch-Epos für den angemessen Ton gehalten. Oder war das Epos selbst in einer vergleichbaren Weise kunstvoll und poetisch verfasst worden, dass es nur so und nicht anders wiedergegeben werden konnte?

Mir kamen Zweifel. Um stilistische Feinheiten einer Sprache zu erkennen, bedarf es umfassender Kenntnisse von Wortschatz, Grammatik und Semantik. Akkadisch, Sumerisch, Hurritisch, Hethitisch und Elamisch, diese altorientalischen Sprachen, aus denen der Text rekonstruiert worden ist, sind lange ausgestorben. Unvorstellbar, dass sie bis in die Sprachebenen hinein überhaupt entschlüsselt werden konnten. Darüber hinaus ist mir völlig rätselhaft, wie sich Laute und Betonungen einer nicht mehr gesprochenen Sprache wiederfinden lassen.

Stefan Mauls Übersetzung gilt meine Bewunderung, er hat dem Epos einen Ton gegeben, der mich in seiner Schlichtheit überzeugt. Er altertümelt nicht und ist von einer Schönheit, an der ich mit einer Nacherzählung nicht rühren mag.

Zwölf

Eine beleidigte Göttin

Letzte Nacht versuchte ich mich an einer Fantasie über die Sechste Tafel des Epos. Ich schrieb:

Natürlich ist sie schön. Göttinnen sind es immer, selbst wenn ihr Wesen einen Zug ins Blut, ins Dämonische, ins Ungezügelte hat. Maßlose Göttinnen können nicht blond sein. Ischtar, wie ich sie mir vorstelle, hat dunkles Haar. Eine wüste, wilde Mähne sehe ich an ihr und goldbraune Haut, glatt und schimmernd wie polierte Bronze. An ihren Handgelenken klirren und klingeln Armreifen, ihr Stirnband ist aus gehämmertem Gold, die Mitte ziert ein Medaillon mit ihrem Symbol, dem achteckigen Stern.

Ein wenig ungepflegt denke ich sie mir. Sogar angetrunken kann ich sie mir vorstellen, grölend und pöbelnd, wenn sie sich beim Akitu-Fest einen Weg durch die Menge bahnt. Die Gassen und Plätze von Uruk sind voller Menschen, sie feiern das Fest der Gerstenaussaat, tanzen, singen und trommeln. Das neue Jahr hat begonnen, die Priester haben die Götter angerufen, haben Felder und Viehherden gesegnet, haben die heiligen Schicksalstafeln aus den Schreinen geholt und in einer Prozession zum Euphrat getragen.

Das Fest der Gerstenaussaat ist das Fest der Feste. Das Fest der Gerstenaussaat dauert elf Tage, sein Höhepunkt ist die Heilige Hochzeit.

Göttinnen nehmen sich, was sie wollen. Göttinnen bekommen, was sie wollen. Und wenn man es ihnen verweigert, schlagen sie Palasttüren ein. Und wenn es sein muss, sogar das Höllentor. Ischtar will Gilgamesch, sie begehrt ihn, wie sie keinen anderen vor ihm begehrt hat. Der König von Uruk soll ihr Liebhaber sein.

Auf die Knie! Ischtar gebietet es den Wachen vor seinem Palast nicht mit Worten. Ihr Erscheinen genügt. Die Männer werfen sich vor ihr auf den Boden und neigen die Stirn. Keiner würde es wagen, die Göttin am Zutritt zu hindern. Die Torwächter lösen die Riegel an der mächtigen Zederntür und Ischtar stürmt hindurch, sie stürmt über den Innenhof in den Palast und die breite Treppe hinauf zu den königlichen Gemächern.

Gilgamesch ist soeben aus dem Bade gekommen, als sie in sein Schlafgemach tritt. Wasser tropft aus seinem Haar, das lang und schwarz ist und gelockt wie sein Bart. Er schüttelt es in den Rücken und legt seinen Lendenschurz ab, Ischtar scheint er weder zu sehen noch ihre Gegenwart zu spüren. Sie steht da und kann ihre Augen nicht abwenden von diesem Mann, diesem König. Sein Körper ist prachtvoll, sein Geschlecht fürstlich bestückt. So viel Schönheit, und so viel Begierde in ihr.

Noch bevor er nach dem sauberen Gewand greifen kann, das für ihn bereitgelegt wurde, tritt Ischtar aus dem Schatten. Der Boden unter ihren Füßen rollt und schaukelt. Doch das Gefühlt entspringt nicht ihrer Trunkenheit, es ist ihre Lust auf diesen Mann, die ihre Sinne betäubt. Gilgamesch sieht sie jetzt an, Ischtar lächelt und löst den Gürtel ihres Gewandes.

»»Komm, liebster Gilgamesch«, flüstert sie und umfasst seine Schultern, »wir wollen einander genießen. Lass mich deine Kraft spüren, ich will umschlungen, will verschlungen, will aufgespießt werden von deiner Männlichkeit. Lust über Lust werde ich dir schenken, du sollst nicht satt werden von mir, und ich will nicht satt werden von dir. Sieben Tage und Nächte werden wir nicht schlafen. Hier«, sie öffnet ihr Gewand »fass meine Brüste an, liebster Gilgamesch, schiebe deine Hand zwischen meine Schenkel, bewege einen Finger in meiner Scham und fühle meine Hitze.«

Gilgamesch wischt ihre Hände von seinen Schultern und weicht zurück.

»Warum soll ich gerade dich nehmen«, antwortet er ihr, »du würdest unser Liebeslager doch nur besudeln. Noch jeden deiner Liebhaber hast du belogen, betrogen und lächerlich gemacht. Du würdest auch für mich Fallstricke auslegen, ich wäre nicht der Erste, den du in den Hinterhalt lockst. Selbst dein treues Pferd hat von dir nur Stachel und Peitsche gesehen, sieben Doppelstunden hast du es durch Staub und Hitze traben lassen, bevor es an die Tränke durfte, an der Tränke aber hast du den Schlamm aufgerührt, nur Trübes hast du deinem treuen Pferd zu trinken gegeben.«

Ischtar nähert sich Gilgamesch erneut, doch wieder weicht er zurück.

»Erinnere dich an Ischullanu, den Gärtner deines Vaters«, sagt er, »täglich brachte er dir Körbe voller Datteln, dazu Melonen, frische Feigen und Granatäpfel, diesen

Mann hast du unablässig bedrängt, und weil er sich dir verweigerte, hast du eine Kröte aus ihm gemacht.«

Ischtars Mund nimmt einen Zug an, als hätte sie in Saures gebissen, doch sie zwingt ihm ein Lächeln auf die Lippen und lässt ihr Gewand zu Boden gleiten. Ein brünstiger Duft, flammend wie Wüstenwind, breitet sich aus, nackt steht sie vor Gilgamesch, schmiegt sich an, fasst sein Geschlecht und beginnt, es zu walken und zu kneten.

Gilgamesch stößt sie angewidert von sich.

»Geh und biete dich an der Straßenecke an, bei den Huren sei dein Platz.« Er spuckt vor ihre Füße.

Ischtar errötet, Ischtar errötet vor Wut und Zorn, Ischtar stampft auf, in wilder Wut und unbändigem Zorn stampft sie auf, und ein blutrünstiger Schrei verlässt ihre Kehle. Der ruft den Löwenadler herbei, Anzu, den Greif mit dem Löwenkopf, den mächtigsten und schrecklichsten unter den Raubvögeln.

Aus dem tiefblauen Himmel löst sich ein Stern. Wie ein Meteor schießt er auf Uruk zu. Eben noch lagen die Mauern der Stadt leuchtend und lehmgelb im Sonnenschein, nun aber sinken sie mitten am Tag zurück in die Nacht. Eine Kraft streckt Gilgamesch nieder, eine unbändige, eine unfassbar große Kraft hat ihn gepackt, drückt ihn zu Boden und hält ihn dort fest. Gilgamesch heult auf, doch als seine Leibwächter herbeigestürzt kommen, ist Ischtar bereits auf dem Weg zu den Sternen, höher und höher steigt sie mit Anzu, weiter und weiter fliegt sie mit ihm durch das All.

Rotierende Galaxien. Spiralnebel. Sonnen und Rotverschiebungen. Schwerefelder. Massesterne. Pulsare. Supernovae und Sternhaufen. Dunkle Energie.

Das Zittern der Zeit.

Die Krümmung des Raums.
Der Rand des Weltalls.
Ischtar sucht Anum auf, ihren Vater, den Gott von Allem. Sie tritt vor ihn hin und verlangt, er möge ihr den Himmelsstier geben, Gilgamesch habe sie beleidigt, über alle Maßen habe er sie beschimpft und beleidigt, sie wolle ihn töten. Anum aber argwöhnt, seine Tochter könnte den Streit begonnen haben und verweigert ihr den Himmelsstier. Und wieder wird die Göttin zornig. Sie droht. Wenn sie den Himmelsstier nicht bekomme, so droht sie, werde sie die Kontinente zerschmettern, sie werde die untere Welt nach oben kehren, auf dass die Dämonen herauskommen, welche die Menschen fressen und erschlagen werden.

Anum schweigt. Anum zögert. Anum sieht seine Tochter weinen. Und so wie kleine Mädchen, kleine Göttinnen, herzzerreißend weinen können, um den Vater zu erweichen, so stelle ich mir vor, weint Ischtar allemal. Anum zögert lange, ihr den Himmelsstier zu überlassen, weiß er doch, wie gern sie mit Krieg und Liebe spielt. Doch schließlich kann er seiner schönen Tochter, dieser in Tränen aufgelösten Göttin, die von Gilgamesch so schändlich behandelt und gedemütigt wurde, den Wunsch nicht länger abschlagen. Also legt er ihr das Nasenseil des Himmelstiers in die Hände.

Dreizehn

Himmlische Verwandtschaft

Auch die Sumerer schufen sich ihre Götter nach dem Bild des Menschen. Sie gaben ihnen seine Gestalt und seine Eigenschaften. Ihre Götter konnten launisch und unbarmherzig sein, aber auch gnädig. Im Zorn straften sie den Menschen, waren sie ihm wohlgesonnen, erhörten sie seine Bitten, führten ihn durchs Leben oder schickten ihm Träume, die ihn warnten oder die Zukunft sehen ließen. Einmal aber bereuten sie ihr Werk, und zwar die Erschaffung des Menschen. Mit der Sintflut wollten sie ihn wieder loswerden. Das war schnell beschlossen. Und schnell bereut. Wer sollte sie, die Götter, noch anbeten und ihnen Opfergaben darbringen, wenn es den Menschen nicht mehr gab? Man brauchte Überlebende. Noahs Geschichte ist allgemein bekannt, so gut wie unbekannt ist dagegen die Geschichte des sumerischen Noahs. Im Gilgamesch-Epos trägt er den Namen Uta-napischti.

Und voller Gelüste waren die Götter. Es dürstete sie nicht nur nach Macht, Rache und Krieg, sondern auch nach Abwechselung und Ausschweifung. Da sie männlich oder weiblich waren – manche Götter waren beides, Ischtar mal das eine, mal das andere –, stiegen sie dann und wann zu einem Menschen ins Bett. Sie zeugten Halbgötter oder einen Zweidrittelgott wie Gilgamesch.

Die Götter der Sumerer bewohnten neben der transzendentalen Welt auch das Diesseits. Hier hatten sie ihren Sitz in weitläufigen Tempelanlagen, den so genannten Zikkurats. Diese gewaltigen, terrassenförmig ansteigenden Bauwerke aus Lehmziegeln wuchsen dem Himmel entgegen, sie waren weithin sichtbar und nahmen sich aus der Ferne wie Stufenberge aus.

Nicht nur die griechischen Götter, auch die Götter des Zweistromlandes waren auf undurchsichtige Weise miteinander verwandt und verbandelt. Jeder hatte seinen Rang in der Hierarchie der Götterwelt und einen eigenen Zuständigkeitsbereich.

Schamasch hatte morgens pünktlich aufzugehen und für Licht über der Welt zu sorgen. Sin löste ihn in der Abenddämmerung ab, um mit silberner Barke das Sternenmeer zu befahren. Es zu durchqueren, brauchte einen ganzen Monat. War es geschafft, verschwand er in geheimer Mission, bevor er in der Folgenacht zu einer neuen Tour aufbrach. Tammuz kümmerte sich um die Vegetation, Enlil um den Wind. Und wenn Adad, der über Blitz und Donner herrschte, sich mit einem Gewitter Gehör verschaffen wollte, borgte er sich von Enlil den Sturm aus. Nur Ereschkigal bekam nicht mit, was sich im Großen Oben tat, sie hockte im Großen Unten auf einem Knochenberg und vertrieb sich die Ewigkeit mit den Toten. Eas Aufgabe war es, als Weisheitsgott alles Wissen und Können der Menschheit zu bewahren. Marduk hatte sein Werk bereits vollendet, die Welt war erschaffen, als Stadtgott von Uruk konnte er es nun ruhiger angehen lassen. An der Spitze des Weltalls aber stand Anum. Als ranghöchster Gott gebot er über den Himmelsstier.

Vierzehn

Verwoben, zerstoben

Ich bin das Epos, das deine Gedanken beschäftigt, Henriette. Ich höre dich fragen: Wie ist es, ein Epos zu sein?

Ich höre mich antworten: Alt bin ich, vor allem das. Nach Tausenden von Jahren ist mein Fleisch mürbe geworden, meine Knochen sind brüchig, meine feste Gestalt habe ich verloren. Verwoben, zerstoben bin ich. Im Grunde gibt es mich nicht, ich bin das Raunen der Geister, ein Luftzug, herbeigeweht aus vergangener Zeit. Mein Leben hängt am Erzähltwerden, mit jedem Satz entstehe ich, mit jedem Wort vergehe ich. Ich lebe von Mund zu Mund.

Nirgendwo erdachte man fantastischere Geschichten als in den Ländern meiner Herkunft. Man fantasierte festlich, Geschichten konnten Leben retten. Denk nur an Scheherezade, die dem Schwert des Perserfürsten entging, weil sie ihm Nacht für Nacht Märchen erzählte.

Nenn mich ruhig Aufschneider, nenn mich Scharlatan, nenn mich Lügner. Recht hast du, denn ich gebe nur vor, alles zu wissen. Was ich berichte, scheint wahr. Mein einziges Ziel aber ist es, luftige Bilder in die Sinne der Menschen zu malen. Eine Übung für die Fantasie bin ich, ein Spiel, das euch Menschen entzücken soll. Eure Herzen will ich betören und ein Staunen in eure Augen zaubern.

Mit Engelszungen weiß ich zu reden, selbst einem Drachenrachen kann ich entsteigen. Würde ich von einem Kampf nur als Kampf reden, würden euch die Lider schnell schwer werden. Lasse ich stattdessen den Himmelsstier die Erde verwüsten, wird eure Seele erzittern, und das Grauen wird euch bis tief in die Träume folgen.

Fünfzehn

Little Boy

Nur ein Gedanke:
Der Himmelsstier, der Hiroshima heimsuchte, war ein Bomber vom Typ B-29. Im Bauch hatte er ein Baby. »Little Boy« war drei Meter lang und vier Tonnen schwer. Ein Geistlicher empfahl ihn dem Schutz seines Gottes:

»Allmächtiger Vater, der Du die Gebete jener erhörst, die Dich lieben, wir bitten Dich, denen beizustehen, die sich in die Höhen Deines Himmels wagen […] Mögen die Männer, die in dieser Nacht den Flug unternehmen, sicher in Deiner Hut sein, und mögen sie unversehrt zu uns zurückkehren. Wir werden im Vertrauen auf Dich weiter unseren Weg gehen; denn wir wissen, dass wir jetzt und für alle Ewigkeit unter Deinem Schutz stehen. Amen.«

Der Himmel über Hiroshima soll ungewöhnlich klar und die Luft sehr warm gewesen sein am Morgen des 6. August 1945. Exakt fünfzehn Minuten nach acht japanischer Zeit teilte ein Blitz den Himmel. Überlebende, die dem US-amerikanischen Reporter John Hersey Monate später von der Zündung der Atombombe berichteten, erinnerten sich, dass da kein Geräusch war, nur ein Blitz von einem so unfassbar grellem Weiß, dass alle Konturen sich auflösten. Und an ein Zwielicht erinnerten sie sich, das sich Minuten später wie ein orangefarbenes Tuch über die Stadt legte, gefolgt von einer Staubwolke, die mehr und mehr den Tag verdunkelte, bevor sie als Ascheregen auf die Stadt niederging.

Sechzehn

Rache

Wie könnte es gewesen sein, nachdem Ischtar den Himmelsstier am Nasenseil auf die Erde geführt und dann losgebunden hatte, damit er Gilgamesch töte?

Ich stelle mir vor, dass Stille sich über das Land legte, und Hitze, und dass von weither ein Grollen zu vernehmen war. Das Grollen war sehr leise, doch es kam näher. Zuerst war es der Wind, der den Himmelsstier am Horizont ausmachte, dann waren es die Quellen, die das Ungeheuer mit der flammenden Haut bemerkten. Erschrocken sprangen sie in den Fels zurück, der Wind floh in die Steppe.

Einen langen Weg hatte der Himmelsstier zurückgelegt, das hatte ihn durstig gemacht. Er stieg hinab zum Euphrat und senkte sein Maul in den Fluss. In mächtigen Fluten strömte das Wasser in seinen Schlund. Als der Himmelsstier seinen Durst gestillt hatte, hatte sich der Wasserspiegel um sieben Ellen gesenkt.

Statt eines Himmelsstiers habe ich plötzlich eine Schar von Kriegern vor Augen. Sie kommen aus den Bergen im Osten, aus dem feindlichen Aratta vielleicht, und bewegen sich auf Uruk zu. Auf Befehl ihres Königs und zum Ruhm ihres Königs sollen sie die Stadt einnehmen. Ihren Angriff, so denke ich, übersetzt das Epos in ein Schnauben des Himmelsstiers. Der Erdboden reißt auf und von den Männern, die Uruk verteidigen, fallen sogleich einhundert. Der Himmelsstier schnaubt ein zweites Mal, und nun tut sich eine Schlucht auf und zweihundert Männer stützen in die Tiefe. Und noch ein drittes Mal schnaubt der Himmelsstier, dieses Mal öffnet sich ein Krater und verschlingt dreihundert Männer. Unter den Männern, die Uruk verteidigten, befindet sich auch Gilgameschs Freund Enkidu. Den schleudert es beim vierten Schnauben des Himmelsstiers in einen Graben. Doch Enkidu, stark und ausdauernd, kann sich herausarbeiten und kann, wieder zurück in Uruk, Gilgamesch von der Kraft des Himmelsstiers berichten.

Wie ist einem solchen Ungeheuer beizukommen? Gilgamesch und Enkidu ersinnen eine Strategie.

Ihre Strategie erinnert mich an die Stierkämpfe, die ich mit Hagen in Sevilla und Cordoba gesehen haben. Zu Beginn des Kampfes wurde der Stier zu Angriffen provoziert, die ihn schwächten und ermüdeten und auf den Todesstoß vorbereiteten. Um ihn ausführen zu können, musste der Matador den Stier dazu bringen, den Schädel zu senken. Und gesenkt zu halten. Nur bei gesenktem Schädel öffnete sich zwischen den Schulterblättern jene weiche Stelle, in die er den Degen stoßen musste, damit die Hauptschlagader durchtrennt oder sogar das Herz getroffen werden konnte. In ähnlicher Weise wollen auch Gilgamesch und Enkidu vorgehen.

Also attackiert Enkidu das Ungeheuer von der Rückseite her, wie ein Berserker dringt er immer neu auf den Himmelsstier ein. Als der erste Schwäche zeigt, packt er ihn am Schwanz, springt ihm ins Genick und ringt ihn nieder. Der

Himmelsstier bäumt sich auf, speit um sich, speit Feuer und Gift und wirbelt mit peitschender Schwanzquaste seinen Kot umher. Doch Enkidu gelingt es, den Feuerschädel des Ungeheuers auf den Boden zu drücken. Und ihn dort zu halten, denn der Ruhm gebührt nicht ihm, der Ruhm gebührt allein seinem König. Gilgamesch setzt den Todesstoß. Der Rest ist Triumph. Als Helden kehren die Männer nach Uruk zurück.

Einem Ritual folgend, schneiden sie dem besiegten Himmelsstier das Herz aus dem Leib. Sie legen es in eine Opferschale und bringen es ihrem Schutzgott Schamasch dar. Im Tempel stellen sie es vor ihn hin, werfen sich in Ehrfurcht nieder und verharren lange so, bevor sie sich erheben, zurücktreten und sich unter tiefen Verbeugungen langsam entfernen.

Doch als sie aus dem Tempel hinaus in den Abend treten, zerreißt ein gellender Schrei die heilige Stille. Ischtar ist hinauf auf die Mauer von Uruk gestiegen und tobt, sie schreit und reißt an ihren Kleidern wie eine, die von Dämonen besessen ist. Unablässig stößt sie Todesflüche aus. Sterben, ja, sterben sollen Gilgamesch und Enkidu, die den Himmelsstier getötet haben.

Derweil werden im Königspalast die Freudentrommeln geschlagen. Als die Sieger, als Gilgamesch und Enkidu, die unerschrockenen, die heldenhaften Kämpfer eintreffen, kann das Fest beginnen. Tanz, Taumel, Trunkenheit. Erst bei Sonnenaufgang bettet man sich zur Ruhe.

Im Schlaf sieht Enkidu einen Traum. Er sieht, wie sich die höchsten der Götter in Zorn und Trauer am Rande des Weltalls zusammenfinden, um über die Strafe für die Mörder des Himmelsstiers zu beraten. Unter den Göttern ist auch Schamasch, ihr Schutzgott. Der erhebt Widerspruch, als man sie mit dem Tod bestrafen will. Er fordert eine noch härtere Strafe. Härter als der Tod beider, sei es, die innigen Freunde und Kampfgefährten zu trennen, indem nur einer von beiden sterben muss, auf dass der andere ewig leide. Und so befanden die Götter schließlich, dass Enkidu von einem tödlichen Fieber befallen werden soll.

Siebzehn

Jus primae noctis

Köstliche Siesta. Luxuriöse Langeweile. Müßiggang bei 208 Grad Fahrenheit, 98 Grad Celsius auf der Doppelscala des Thermometers. Aldo liegt oben. Keine fünf Minuten hat es gedauert, bis er aus allen Poren schwitzte, meine Haut ist derweil gerade mal feucht geworden. Ich ziehe die Beine an, befühle Schenkel und Bauch. Feucht, mehr nicht. Ich strecke mich wieder aus, in meinem Blickfeld jetzt Aldos Füße, derbe, zuverlässige Füße, die einen Mann mit seiner Kamera durch die Welt tragen. Eine Handbreit darüber die restlichen sieben Minuten. Sie rinnen als fadendünner Strahl durch die gläserne Taille der Sanduhr.

»Aldo, ich muss dich mal was fragen.«

Da ich nur ein müdes, wie im Halbschlaf geknurrtes Ja zur Antwort bekomme, frage ich lieber nicht.

Zwanzig Minuten später haben wir unsere heiße Haut von oben bis unten mit Schnee abgerieben, haben den kalten Schlauchguss hinter uns gebracht und liegen, wohlverpackt in Bademänteln und durchgewärmt bis in die Seele, im Ruheraum. Die Doppelliege hat die Form einer körperfreundlichen Welle und genügend Platz für zwei Personen. Sie wurde nach Hagens Vorgabe aus weißem Abachi-Holz angefertigt. Fährt man mit der Hand darüber, meint man,

Seide zu streicheln.. Wir liegen entspannt und bequem nebeneinander. Ein guter Zeitpunkt, jetzt meine Frage loszuwerden. Oder besser nicht?

Besser nicht, sage ich mir, denn es geht um das Recht der ersten Nacht, und darüber sollte man, auch wenn es ein historisches Thema ist, nicht im aufgeheizten Zustand reden.

Im Gilgamesch-Epos bin ich nämlich auf eine Passage gestoßen, in der es heißt, der König von Uruk habe das *jus primae noctis* ausgeübt. Mir kamen Zweifel. Und diese Zweifel gehen auf meinen Geschichtsunterricht in der Schule zurück. Im Zusammenhang mit dem Feudalismus hatten wir auch das Recht der ersten Nacht, das sogenannte Herrenrecht, behandelt. Unser Lehrer sprach von einem Gerücht, das von den Gegnern der feudalistischen Gesellschaftsordnung in die Welt gesetzt worden war, um ihre verhassten Landes-, Lehn- oder Grundherren in Misskredit bringen. Historisch sei die Ausübung nicht belegt, nirgends sei festgehalten, wann und wo es von wem vollzogen wurde.

Noch überzeugender war das Argument, dass ein Großgrundbesitzer an den Bräuten von Bauernsöhnen oder Knechten kaum Interesse gehabt haben dürfte. Jemand, der über ausgedehnte Ländereien und Leibeigene verfügte, gehörte in der Regel dem Adel an. Ein solcher Mann war standesbewusst, kultiviert und christlichen Glaubens, er schätzte Ehe und Jungfräulichkeit sowie ritterliches Verhalten. Dass ein Mann von Stand und Adel sich wie ein triebgesteuertes Tier verhalten haben soll, war in der Tat wenig plausibel. Warum sollte er sich aufs Pferd setzen und über unwegsames Gelände reiten, bei Nacht und Wind vielleicht, nur um irgendwo auf dem Lande ein unbekanntes Mädchen zu entjungfern? Zudem ging er das Risiko ein, dass seine Männlichkeit ihn sabotierte, sollte er auf ein grobes, bäurisches, möglicherweise einfältiges Geschöpf treffen, das so ganz und gar nicht nach seinem Geschmack war.

Heute frage ich mich auch, warum man sich die Ausübung des Herrenrechts nur als Vergewaltigung vorstellen konnte. War es nicht denkbar, dass eine Braut erwartungsfroh der Stunde entgegensah, da der Landesfürst, Großgrundbesitzer oder Gutsherr mit ihr das Brautbett bestieg? Nicht jede Braut, so vermute ich, würde den Vollzug eines herrschaftlichen Beischlafs als Demütigung empfinden. Vielleicht im Gegenteil sogar als Ehre oder sogar als Rettung, wenn ihr vor der Ehe die Jungfräulichkeit bereits abhandengekommen war.

Und Gilgamesch, könnte ihm das jus primae noctis nicht ebenfalls untergeschoben worden sein? Jene Zeilen, die das behaupten, sind auf der Original-Tafel nicht erhalten geblieben. Die Lücke wurde mit einem für sinngemäß befundenen Abschnitt aus einem altbabylonischen Text gefüllt und im späten 19. Jahrhundert übersetzt, in einer Zeit also, als der Feudalismus gerade abgeschafft worden war, das Herrenrecht jedoch noch in den Köpfen herumspukte. Zumindest vorstellbar ist es, dass sich bei der Interpretation jenes Keilschrift-Abschnitts das Recht der ersten Nacht als Parallele zum Feudalismus geradezu aufdrängte. Schließlich brauchte es im Text einen Grund, der Enkidu dermaßen empört, dass er Gilgamesch zum Kampf herausfordert. Ein König, der sich herausnimmt, die Bräute seiner Untertanen zu entjungfern, überscheitet in Enkidus Augen die Grenzen der Macht. Unglaubwürdig bleibt allerdings, dass Enkidu, der in der Steppe gelebt hatte und mit Kultur und

Religion gar nicht in Berührung gekommen war, das Verhalten von Gilgamesch verwerflich finden konnte.

»Aldo«, sage ich leise.

Er wendet den Kopf und sieht mich an, und ich sehe ihn an, froh über die Wellenform der Liege, die eine bequeme Seitenlage nicht zulässt; wirklich gut liegt man nur auf dem Rücken. Aldos Gesicht, seine Augen, sein Mund nah so nah, das wäre jetzt zu nah. Ich sage mir, dass es klüger ist, jetzt nicht mit dem Recht der ersten Nacht anzufangen. Das Thema hat einen abschüssigen Boden; wir könnten den Halt verlieren. Ich schlage den nächsten Saunagang vor.

In der Kabine klettere ich diesmal auf die oberste Stufe. Aldo folgt, obwohl er eigentlich die mittlere bevorzugt. Wir müssen die Beine anwinkeln, damit der Platz reicht. Während er sein Handtuch zurechtzieht, lasse ich meine Arme locker über die Knie fallen. Venus im Schatten, Mars im Halbdunkel, kaum mehr als eine Andeutung. Die Doppelskala des Thermometers hält sich an seinen 208 Grad Fahrenheit, 98 Grad Celsius fest.

Wir schwitzen und schweigen. Der Schweiß tropft Aldo von Kinn und Nase. Ich betrachte sein Gesicht mit Sympathie, ich betrachte das Gesicht eines Freundes und die Falten eines Mannes, der in der Welt herumgekommen ist. Sein Altern erinnert mich an mein eigenes Altern und an Hagen, der mit achtundvierzig Jahren starb. In manchen Nächten umarmt er mich wie früher. Das zweite Trauerjahr ist vorüber, viel Zeit vergangen. Wir schnappen unsere Handtücher, Aldo und ich, wickeln uns ein und gehen durchs Schwimmbad nach draußen in den Schnee.

Achtzehn

Zwischenrechnung

Ich habe im Kopf überschlagen, wie vielen Bräuten im Jahr der König von Uruk die Ehre hätte antun müssen, wenn er das ihm zugeschriebene Recht wahrgenommen hätte.

Zum Fürchten viele wären es gewesen, wenn ich richtig gerechnet habe.

Habe ich das?

Ich denke schon.

Ausgegangen bin ich von den 50.000 Einwohnern, die Uruk damals gehabt haben soll. Den weiblichen Anteil habe ich mit der Hälfte angenommen. Doch wie verteilten sich diese 25.000 auf kleine und große Mädchen, junge, alte und ganz alte Frauen? Ich befragte das Internet und hoffte, in den Weltweiten des Netzes eine Alterspyramide aus jener Zeit zu entdecken oder im digitalen Treibsand des WWW eine Tontafel auszugraben, deren Keilschrift-Zeilen das Bild eines Tannenbaums formten. Meine Expeditionen endeten im Nirwana. Ich wurde wunschlos.

Aus Vereinfachungsgründen setzte ich die Lebenserwartung der Frauen bei 50 Jahren an und teilte die weibliche Bevölkerung in zehn gleichgroße Altersgruppen von jeweils fünf Jahren ein. Das bedeutete für die Gruppe der heiratsfähigen Mädchen zwischen fünfzehn und zwanzig

2.500 mögliche Bräute. Hätte von ihnen nur jede Zweite innerhalb der angenommenen fünf Jahre geheiratet, hätte Gilgamesch 250 Mal im Jahr ein anderes Brautbett besteigen müssen, möglicherwiese auch mehrere an einem Tag ...

Weiterrechnen und weiterdenken mochte ich an dieser Stelle nicht.

Neunzehn

Die Hierodule

Diese Nacht ist schwarz wie die Nacht um einen Tempel. Kein Mond. Keine Sterne. Nur Stille. Und ein warmer, feuchter Hauch an meinem Ohr.

»Ich bin es«, flüstert sie.

»Komm«, sage ich und lüpfe die Decke.

Mein Bett ist groß. Und leer. Und bezogen mit tiefblauem Satin. Sie rutscht an mich heran und schiebt mir den Arm unter den Nacken.

»Du hast mich gerufen?«, sagt sie, fragt sie, halb feststellend, halb zweifelnd.

»Erzähl mir von dir und Enkidu«, sage ich.

»Aber du kennst doch unsere Geschichte«, sagt sie.

»Sie zu lesen oder von dir zu hören, ist nicht dasselbe.«

Sie seufzt, als müsse sie sich zum Erzählen erst durchringen. Doch dann beginnt sie und ihr Atem fließt warm an meinem Hals entlang:

»Unsere Geschichte hat eine Vorgeschichte, und die beginnt mit Gilgamesch und seinem Verhalten als König. Statt für das Wohlergehen seines Volkes zu sorgen, verbreitete er Angst und Schrecken. Die jungen Männer trieb er wie Sklaven zum Bau einer gewaltigen Mauer um Uruk an. Das monumentale Bauwerk sollte ihm ein Denkmal für die Ewigkeit setzen, sollte ihm die Bewunderung der Nachwelt sichern und Zeugnis von einem Herrscher ablegen, wie es vor ihm noch keinen gegeben hatte und wie es nach ihm nie wieder einen geben würde. In jeden Ziegelstein ließ er seinen Namen gravieren. Tag und Nacht trieb er die jungen Männer mit Waffen und Drohungen zur Arbeit. Er verweigerte ihnen, nach Hause zu gehen, um Vater und Mutter zu sehen oder die Liebste zu treffen. Und für den Fall, dass er Lust auf ein Pukku-Spiel bekam, mussten sie für eine Mannschaft bereitstehen.

Über das Treiben des Königs war das Volk zornig geworden und beklagte sich bei den Göttern. Damit das Gejammer ein Ende fand und das Geschrei der Menschen sie nicht länger in ihrer himmlischen Ruhe störte, beschlossen sie, Gilgamesch einen Gegenspieler zu geben, jemand musste ihm Einhalt gebieten. Die Göttin Aruru, die den Menschen erschaffen hatte, bekam den Auftrag, ihn in die Welt zu setzen. Aus einem Stück Lehm, das sie in die Steppe warf, erschuf sie Enkidu, den Sprössling der Stille, einen Mann, so stark wie es Gilgamesch war.

Die Stimme wandert plötzlich im Zimmer umher. Mal höre ich sie links vom Bett, dann rechts, jetzt kommt sie von oben.

»Ich selbst«, fährt sie fort, »ich selbst war in jenen Tagen eine der Hierodulen, die im heiligen Schatten des Tempelbezirks denen, die nach unseren Künsten verlangten, das Werk des Weibes verschaffte. Von allen war ich, die Schamchat, die Füllige, die berühmteste. Mein Name strahlte bis Babylon. Zu mir kamen die Edelsteinhändler aus Meluhha, dem Land der Karneols, es kamen die Töpfer aus Halappa, das jenseits der Berge im Indus-Tal lag, und es kamen die

Männer mit den schönen Mandelaugen und der goldgrünen Haut; von weither übers Meer kamen sie, zartgliedrige Menschen, die geflochtene Körbe mit sich führten, in den Körben blau schillernde Hähne, die lange Federschleppen, smaragdgrün und zart wie Schleier, hinter sich herzogen. Die waren über und über besetzt mit nachtblauen, wie Lapislazuli schimmernden Augen. Die großzügigsten Spenden bekamen wir von den Flößern, die in den Bergwäldern des fernen Asch-Scham-lebten. Einmal im Jahr trieben sie mächtige Zedernstämme den Euphrat stromabwärts. Du weißt ja, unsere Tempel-, Palasttüren und Hausschwellen waren aus rotem duftenden Zedernholz.«

Die letzten Worte dringen wie aus weiter Ferne zu mir.

»Ja, rotes duftendes Zedernholz ...«

Ich gähne und blinzele in ein graues Frühlicht, nicht mehr Nacht, noch nicht Tag. Dann mache ich die Augen wieder zu und spüre, dass der Schlaf zurückkommen will. Ich strecke mich ein bisschen und spanne dabei die Muskeln an, um aus meiner Schläfrigkeit herauszukommen.

»Eines späten Abends kam ein junger Fallensteller zu mir«, fährt die Stimme fort, jetzt wieder dicht an meinem Ohr, »Gilgamesch hatte ihn geschickt, nachdem der Fallensteller ihm von einem Mann in der Steppe berichtet hatte, dessen Aussehen furchterregend war. Er sprach von einem Kraftmenschen, einem Wilden mit langen verfilzten Locken, behaart am ganzen Körper und behängt mit Fellen. Dieser Wilde zog mit den Herdentieren umher, ernährte sich wie sie von Gras und Kräutern und trank mit ihnen aus dem Wasserloch. Dort sah ihn der junge Fallensteller, dort fand er Tag für Tag seine Fußspuren. Dieser Wilde machte ihm die Jagd unmöglich. Hatte er eine Grube ausgehoben, schüttete jener sie zu, hatte er Fallen ausgelegt, riss jener sie heraus, hatte er Wildschafe eingefangen, ließ jener sie frei.«

»Enkidu«, murmele ich.

»Ja, es war Enkidu«, sagt die Stimme der Schamchat. »Gilgamesch wollte diesen Wilden sehen, mit eigenen Augen, und ich war Teil der List, mit der Enkidu aus der Steppe gelockt und nach Uruk gebracht werden sollte.«

Die Stimme beugt sich über mich. Und summt. Ich schlage zu. Jetzt summt sie nicht mehr. Ich rolle mich auf die Seite, ziehe die Decke über meine bloßen Schultern und kratze an einer juckenden Stelle auf dem Oberarm. Beim Kratzen sinke ich in ein Schwarz, das schwärzer nicht vorstellbar ist. Ein Schwarz wie Tempelschwarz, das alles Licht schluckt. Auch mich.

Zwanzig

Werk des Weibes

Das Schwarz hebt sich wie ein Theatervorhang vor dem weiten, dem endlosen Grasland. Ich sehe: die Schamchat und der junge Fallensteller haben sich auf den Weg gemacht. Er geht voran, er kennt die Pfade, die zu der Wasserstelle führen, an der sich Enkidu und die Wildtiere einfinden. In einem Lendenschutz aus Fell geht er, über die Schultern hat er eine Antilopenhaut geworfen. Seine Füße sind staubig, seine Waden voller Schrammen, die Sohlen verhornt. Finster und zielsicher ist der Schritt des jungen Fallenstellers. An seinem Hals baumelt ein Amulett aus Löwenknochen, ein geschnitzter Schakkan, der Gott der Herden- und Steppentiere, er beschützt den Menschen vor Raubtieren.

Sie gehen und gehen. Das grobe Gewand der Schamchat fliegt im Steppenwind. Zwei ganze Tage schon sind sie unterwegs, am dritten erreichen sie die Wasserstelle. Sie liegt in einer Senke, die Erde ringsum ist zerstampft, umgebrochen wie lehmgelber Acker. Die Schamchat und der junge Fallensteller verbergen sich hinter einem Erdwall. Und warten.

Als es zu dämmern beginnt, erscheint ein Tier nach dem anderen an der Tränke. Eine Gruppe von Antilopen zieht heran, in ihrer Mitte eine menschliche Gestalt, ein hünenhafter Mann mit breiten Schultern, der sich wie sie über das Wasser beugt, den Hals vorstreckt und den Mund eintaucht.

»Das ist Enkidu«, flüstert der Fallensteller.

Die Schamchat erhebt sich. Sie kennt ihren Auftrag, sie weiß, dass sie sich nun nackt machen und mit dem Gewand ihren Widerwillen gegen diesen Wilden ablegen muss, der weder Sprache noch Kultur kennt. Soll der Plan gelingen, hat sie ihm ihren Schoß zu öffnen.

Während sie sich zur Wasserstelle begibt, innerlich gewappnet, verschwindet der Fallensteller in der Dunkelheit.

Enkidu lauscht in die Nacht; er wittert ein Wesen, das ihm fremd ist, dessen Geruch ihn aber aufs Tiefste erregt. Die Tiere ziehen sich lautlos von der Tränke zurück, während die Schamchat sich Enkidu nähert. Als sie vor ihm steht, beginnt er zu zittern. Sie aber berührt ihn sacht an der Schulter und gibt ihm ihre Brüste zu fassen, damit er sie fühle in ihrer ganzen Fülle. Enkidu wagt es nicht, sie aber ermuntert ihn, ihre Brüste zu streicheln. Und Enkidu streichelt die Brüste der Schamchat, er streichelt sie zaghaft und liebkost sie wie neugeborene Zicklein.

Die Nacht ist plötzlich voller Tierlaute. Stimmen flattern auf. Seelen schweifen unruhig umher. Enkidus Lenden spannen sich. Nun zieht die Schamchat ihn mit sich fort auf ihr im Gras ausgebreitetes Gewand. Hier legt sie sich für ihn bereit, hier legt Enkidu sich auf sie, hier führt sie ihn an jenen Ort, der ihn aufnimmt und umschließt.

Sieben Tage und sieben Nächte geben sie sich dem Liebesspiel hin, sieben Tage und sieben Nächte paart sich der Ur-Mensch mit einem Weib aus der Anderswelt. Sieben Tage und sieben Nächte wird er nicht satt. Am achten Tag aber ist seine Lust gestillt, und er wendet sich von der Schamchat ab, um wieder mit den Gazellen zu ziehen, die sich um diese Stunde an der Tränke versammeln. Doch als er sich ihnen nähert, stürmen sie in wilder Flucht davon und hinaus ins Grasland. Verstört und verloren sieht er ihnen nach, denn er vermag es nicht, sie einzuholen. Seine Beine sind zu schwer geworden und seine Knie zu weich. Eine große Traurigkeit befällt ihn, denn er begreift, dass er und die Wildtiere von nun an verschiedenen Welten angehören.

Niedergeschlagen kehrt er zur Schamchat zurück, setzt sich ihr zu Füßen und bettet seinen Kopf in ihren Schoß. Sie streicht ihm durchs Haar und tröstet ihn mit Schmeicheleien. Und Enkidu, zu dem nie ein Mensch gesprochen hat, hört ihr verwundert zu, denn er versteht, was sie sagt, und erfasst mühelos den Sinn ihrer Worte. Dass er schön sei, sagt sie, und dass seine Kräfte denen des Königs Gilgamesch wohl um nichts nachstünden. Einer wie er, so vollkommen in seiner Erscheinung, sollte unter den Menschen und nicht mit Wildtieren leben. Sie redet ihm zu, mit ihr nach Uruk zu gehen, und malt ihm ein prächtiges Bild von der Stadt aus, all den Tempeln, in denen die Götter heiligen Wohnsitz genommen haben. Und vom Liebreiz der Mädchen spricht sie zu Enkidu, von der Kunst der Dirnen und von den Klängen der Trommeln, welche die nächtlichen Feste begleiten. In Uruk werde er Gilgamesch treffen und könne an ihm seine Kräfte erproben. Zwei Träume hätten dem König bereits seine Ankunft angezeigt.

Ich spüre, wie mein Schlaf seicht wird und ich dem Erwachen zutreibe. Der Steppenwind verrauscht, Enkidu und die Schamchat verschwimmen. Ein Summen holt mich endgültig aus dem Traum. Es kommt aus meiner Handtasche neben dem Bett, aber mein Arm ist zu kurz, zu träge und überhaupt zu lustlos, um sich nach ihr auszustrecken. Gerne hätte ich noch eine Weile in der Ferne verbracht, um Enkidu und der Schamchat nach Uruk zu folgen.

Einundzwanzig

Im genetischen Flaschenhals

Mein Arbeitsraum liegt im Obergeschoss, gleich unter dem Himmel. Schade, dass ich nicht male. Der Himmel wäre mein bevorzugtes Motiv. Auf großen Leinwänden würde ich ihn festhalten, selbst wenn er nichts als ein makelloses Blau zeigt. Auch blass und kränklich würde ich ihn malen, mit strähnigem Wolkenhaar vielleicht oder mit einer Oberfläche, die von Flugzeugen kreuz und quer zerkratzt wurde. Lichtgetünchtes Gewölk würde über meine Leinwand ziehen, Dämonen sie bevölkern, die sich bei Sonnenuntergang feuerrot aufspielen. Aber ich male ja nicht, mein Pinsel sind Worte.

Bevor ich mich an den Schreibtisch setze, gehe ich ans Fenster, ich brauche den Blick auf das Nachbargrundstück. Wegen Martha, einer Greisin im Rollstuhl. Es beruhigt mich, sie zu sehen. Heute hat Alex sie an den Swimmingpool gefahren, dort sitzt sie im Schatten ihres ausladenden Strohhuts, über den Knien ein Plaid, und starrt reglos ins türkisblaue Glitzern.

Was fängt man mit Unsterblichkeit an, mit all der Ewigkeit, die einem bevorsteht, frage ich mich und frage es in Gedanken Gilgamesch, der besessen war vom Wunsch, niemals zu sterben. In Marthas Garten blühen die Rosen, rot, weiß und rosa, die Bougainvilleen an der Pergola purpurviolett und die Granatapfelbäume in den Terrakotten am Swimmingpool lassen prächtigstes Blutorange sehen. Es ist Ende Juli, die Hundstage haben begonnen und die Farben tollwütig gemacht. Ich sehe wieder zu Martha, ein Häuflein Mensch von einhundertzwei Jahren im Rollstuhl.

Am Schreibtisch gehe ich sogleich ins Internet und rufe Wikipedia auf. Ich will mich vergewissern, ob das Wort *Hominisation*, das mir seit dem Aufstehen im Kopf herumspukt, tatsächlich *Menschwerdung* bedeutet. Mir ist nämlich der Gedanke gekommen, dass Enkidu symbolhaft für den Menschen steht, der in der Natur und mit der Natur lebte, bevor er zum Kulturwesen wurde. Ein Kulturwesen braucht Sprache, weil Wissen und Verstehen Sprache voraussetzen. Und ein Kulturwesen braucht Kleidung. Enkidu jedoch, der seinen nackten Körper mit Fellen bedeckte, glich einem Wesen zwischen Tier und Mensch. Damit sein Äußeres kein Aufsehen in Uruk erregte, gab ihm die Schamchat, als sie in der Steppe aufbrachen, ihr Obergewand zum Anziehen.

In der Stadt führte sie ihn zunächst in den Tempel des Gottes Anum, um ihn angemessen zu kleiden. Die mesopotamischen Tempel waren nicht nur Heiligtum, sondern erfüllten auch ökonomische und gemeinnützige Zwecke. Sie schnitt ihm das Haar, stutzte seinen Bart und stellte ihm Brot und Bier hin, und als er diese Dinge verständnislos ansah, zeigte sie ihm, wie man als Mensch isst und trinkt.

Hominisation? Zivilisation?

Der Begriff *Hominisation* hat mich weitergelockt in den *genetischen Flaschenhals*, wo ich nun feststecke und mit leisem Schaudern lese, dass wir Menschen vor etwa 60.000

Jahren beinahe ausgestorben wären. Ausgehend von den Mitochondrien, Mitgift unserer Mütter, haben Wissenschaftler errechnet, dass der moderne Homo sapiens aus einer Gruppe von hundert bis tausend Individuen hervorgegangen sein muss, die eine vernichtende Katastrophe überlebt hatten. In derart kleinen, abgeschlossenen Gruppen ist Inzucht nicht zu vermeiden. Sind die Nachkommen lebensfähig und können sich fortpflanzen, hat eine Art den genetischen Flaschenhals passiert.

Die Bibel erzählt Ähnliches von Lot, der sich nach dem Untergang von Sodom und Gomorra mit seinen Töchtern in eine Höhle in den Bergen zurückgezogen hatte. Als den jungen Frauen klarwurde, dass sie kinderlos bleiben würden, da außer ihrem Vater alle Männer im Lande umgekommen waren, machten sie ihn betrunken, verführten ihn und wurden schwanger. Weiter ist zu lesen, dass ihre erstgeborenen Söhne Amon und Moab zu Stammvätern zweier Völker wurden. Welche Rolle dabei ihre Schwestern spielten, überlässt die Bibel der Fantasie. Aber unsere Logik kommt schnell zu dem Schluss, dass Lot mit seinen Töchtern auch Mädchen gezeugt haben musste, ohne die Aron und Moab sich nicht hätten fortpflanzen können.

Es stand also auf der Kippe mit uns. Wir kippeln, so scheint mir, noch immer. Oder schon wieder?

Zweiundzwanzig

Hominisation

Ich fahre meinen Rechner herunter. Mir brennen die Augen vom genetischen Flaschenhals. Ich habe zu lange darin zugebracht. Herausgeholfen hat mir schließlich ein Gedicht. Wenigstens einmal im Leben ein Gedicht schreiben! Ein Gedicht ist ein Wagnis. Hier ist es:

Hominisation

dem genetischen Flaschenhals entschlüpft
entkommen sind wir
der schwarze Kontinent hütet noch Spuren
und Laute erster Menschen Sprache
mit den Tieren sind wir gezogen gewandert
verhornt unsere Sohlen vom aufrechten Gang
zum Herde der Götter
wir stahlen das Feuer
betört von den Flammen
schüren wir Glut
die Blumen des Bösen schmücken uns prächtig
wir küssen mit Engelszungen
und segnen die Kinder im Namen der Lästerung
am Monitor versiegt ein Leben

Wellen Linien Zuckungen
Zero Zero Zero
Punkt
und Pomp und Pop
und all die Toten
du bist das Hirn in unserem Schädel
die Rückseite des
blinden
blanken
Spiegels

Dreiundzwanzig

Stark und stärker

Wie ging es mit Enkidu weiter in Uruk? Und warum kam es zu dem Kampf zwischen ihm und Gilgamesch?

Davon gibt es, wie ich festgestellt habe, zwei verschiedene Versionen. In den neueren Übersetzungen versucht Enkidu, Gilgamesch von der Ausübung des *jus primae noctis* abzuhalten, indem er ihm den Zutritt zum Hochzeitshaus versperrt. In den älteren Übersetzungen schürt die Schamchat Enkidus Aggression gegen den König von Uruk. Auf dem Weg in die Stadt erzählt sie ihm von Gilgamesch, sie preist seinen außerordentlichen Verstand und schildert ihn stark wie einen Stier, kein Mann in Uruk würde es wagen, sich ihm zu widersetzen. Enkidu fühlt sich herausgefordert. Er, der Löwen und Wölfe erschlug, kann sich nicht vorstellen, dass es einen Stärkeren gibt als ihn. Großspurig kündigt er an, es dem König zu zeigen, sobald sie in Uruk sind. Obwohl die Schamchat ihn gewarnt hat, sich mit Gilgamesch anzulegen, provoziert er ihn in aller Öffentlichkeit. Es ist der Tag des Neujahrsfestes und Gilgamesch schickt sich an, den Tempel der Ischtar zu betreten. Der Höhepunkt des Festes ist gekommen, er will die Heilige Hochzeit vor den Augen seines Volkes mit der Göttin zu vollziehen, für die stellvertretend die Hohepriesterin steht.

Ich nehme noch einmal das Werk von 1911 zur Hand, sein Titel: »Das Gilgamesch-Epos, neu übersetzt von Arthur Ungnad und gemeinverständlich erklärt von Hugo Gressmann«. Dem Vorwort zufolge wendet es sich an ein »interessiertes Publikum, das nicht den Fachkreisen angehört« und lehnt sich in der Übersetzung eng an die Tafelfragmente an. Zu jeder Tafel gibt es eine inhaltliche Zusammenfassung mit ausführlichen Erläuterungen. Die interessieren mich mehr als die eigentliche Übersetzung, da von der Zweiten Tafel nur ein paar Bruchstücke mit kaum noch zu entziffernden Zeichen erhalten geblieben sind. Hunderte von Zeilen fehlen und konnten auch durch sogenannte Textvertreter, also vergleichbaren Passagen aus anderen Epen jener Zeit, auch anderen Epochen oder Sprachen, nicht rekonstruiert werden. Im Ergebnis hat man einen Text voller Lücken, Leerstellen, kursiv gesetzter Wörter und Satzteile mit Mutmaßungen über den fehlenden Wortlaut vor sich. Deshalb überblättere ich diese Seiten, bis ich in den Erläuterungen die Stelle gefunden habe, wo es um Uruks höchstes Fest und den feierlichen Einzug des Königs in den Tempel der Ischtar geht. Gressmann schreibt:

Dem Gilgamesch ist gleich einem Gotte im Heiligtum ein Ruhebett bereitet, um die Vermählung mit der Göttin zu begehen. Alle Einwohner sind versammelt, sich das Schauspiel anzusehen. Auch die Schamchat ist mit Enkidu anwesend, ihm den König zu zeigen, von dem sie ihm so viel erzählt hat. Als dieser erscheint, lässt sich Enkidu trotz der Warnungen nicht halten; er stellt sich vor dem Tor des Tempels auf und versperrt dem Gilgamesch den Zugang. Es kommt zu einem gewaltigen Kampf, dessen einzelne Phasen nicht erhalten sind. Endlich gelingt es dem Gilgamesch, so darf man wohl nach dem Traum ergänzen, Enkidu zu besiegen. Überliefert ist nur noch die Schilderung der ohnmächtigen unbändigen Wut, die Enkidu zuletzt gepackt hat. Seine Augen füllen sich mit Tränen, seine Seiten lösen sich [Anm. der Autorin: seine Arme erschlafften], *seine Kräfte verlassen ihn.*

Ach ja, und wieder wird geweint. Geweint wird reichlich im Gilgamesch-Epos. Ein Stilmittel. Wie ich lese, zeigen antike Dichter ihre Figuren von außen, einen Blick ins Innenleben, auf Gefühle, Gedanken, Wünsche, Vorstellungen, gewähren sie selten. Das wirkt modern und erinnert mich an einen gängigen Lehrsatz aus Ratgebern für Schreibwillige: Show, don't tell. Der Autor soll nichts behaupten, er soll dem Leser einen Film in den Kopf malen. Ich denke, dass vor 5.000 Jahren die Gründe anders lagen. Das sumerische Vokabular war wenig ausdifferenziert, eher »unbehauen« im Vergleich zu modernen Sprachen. Für alltägliche, mit den Sinnen erfahrbare und für das praktische Leben notwendige Dinge hatte man Begriffe, Abstraktes blieb weitgehend unbenannt, Gefühle wurden in Form von Gesten und körperlichen Äußerungen ausgedrückt.

Zudem waren antike Epen nicht zur Lektüre bestimmt, sie mussten gesprochen, rezitiert, weitergetragen, wieder und wieder erzählt werden, und das in möglichst einfachen Worten. Einfache Worte sind mühelos zu verstehen, einfache Worte prägen sich ein und werden behalten. An einen in Tränen aufgelösten Helden erinnern die Zuhörer sich leichter als an die Beschreibung seines Seelenzustands. Antike Figuren sind Prototypen, schablonenhaft, reduziert. Gerade deshalb öffnen sich Räume ins Unsagbare hinein und darüber hinaus, vergleichbar der Poesie oder abstrakten Malerei.

Nach dem Kampf, der auf der Zweiten Tafel vermutlich beschrieben worden war, aber nur insoweit rekonstruiert werden konnte, dass er Türen und Wände zum Beben brachte und unentschieden ausging, nach diesem Kampf reichen Enkidu und Gilgamesch einander die Hand, schließen sich in die Arme, reden sich mit Freund an.

Zu den Stilmitteln antiker Epen gehören immer wieder Träume. Sie sind ein Element, um Spannung zu erzeugen. Was bedeuten sie? Sagen sie die Zukunft voraus? Träume geben Rätsel auf. Auch die Freundschaft von Gilgamesch und Enkidu lag in zwei Träumen verborgen, die Gilgamesch sah. Im ersten Traum wandelte er unter einem Sternenhimmel durch Uruk, als ein Meteor herabstürzte und ihn am Weitergehen hinderte. Er versuchte, den Brocken wegzuschieben, doch es gelang ihm nicht, unermesslich schwer war dieser Brocken. Auch ein Wegrollen war unmöglich, so sehr er sich auch abmühte, der Meteor bewegte sich nicht. Inzwischen war die halbe Stadt herbeigelaufen, um zu sehen, was der Himmel offenbart hatte. Die Menge drängte sich um den Meteor, junge Männer traten dicht an ihn heran und küssten ihn so ehrerbietig, als küssten sie die Füße einer Gottheit.

Im zweiten Traum war es eine Axt, die im Marktviertel von Uruk auf der Straße lag. Die Menschen liefen zusammen und beugten sich über sie. Niemand wagte, sie zu berühren, außer Gilgamesch, der hob die Axt auf. Da es eine besonders massive und glänzende Axt war, nahm er sie an sich, drückte sie an sein Herz wie einen Schatz und legte sie seiner Mutter, der Göttin Ninsun, zu Füßen. Die besah sich die Axt eingehend und stellte sie schließlich neben ihren Sohn.

Gilgamesch ahnte, dass die Träume ihn Zukünftiges sehen ließen. Doch was es war, blieb ihm verschlossen. Da trug er die Träume an seine Mutter heran, die klug und weise war und es verstand, Traumgesichte zu erhellen.

Sie sagte zu Gilgamesch, dass beide Träume dasselbe bedeuteten. Die Axt und der Meteor seien ein Mann, und dieser Mann sei der stärkste unter den Männern im Land, in ihm werde er einen Freund und Gefährten finden, der ihn beschützen, aus Gefahren retten und ihm allzeit als treuer Verbündeter zur Seite stehen werde. Gilgamesch werde ihn lieben, sagte sie voraus, und sie selbst werde diesen Mann in den Rang eines Bruders für ihn erheben.

Vierundzwanzig

Zedernwälder

Gilgamesch und Enkidu beratschlagen ein tollkühnes Unternehmen. Sie wollen zum Zedernwald aufbrechen, einer Bergregion, die im heutigen Libanon vermutet wird, um dort die höchsten und schönsten Zedern zu fällen und nach Uruk zu bringen. Tollkühn ist ihr Vorhaben deshalb, weil Adad, der Sturmgott, den Zedernwald unversehrt erhalten will und ihn von einer Schreckensgestalt bewachen lässt: Humbaba. Von ihm heißt es, sein Mund sei Feuer, sein Atem der Tod, seine Stimme die Sintflut, sechzig Meilen weit reiche sein Gehör, jeden Eindringling würde er aufspüren.

Mesopotamien war ein baumarmes Land. Für die Dach- und Deckenkonstruktion von Tempeln und Palästen sowie für die Ausstattung mit hohen, prunkvollen Türen wurden mächtige Bäume von außergewöhnlichem Wuchs gebraucht. Libanonzedern erfüllten alle Wünsche. Sie konnten siebzig Meter hoch werden, ihr Holz war frei von Ästen und widerstandsfähig, dennoch leicht zu bearbeiten, und es duftete nach der Anwesenheit von Göttern.

Man möchte Gilgamesch und Enkidu vorwerfen, dass sie Humbaba erschlugen, denn von nun an schützte niemand mehr die legendären Zedernwälder, die einst 500.000

Hektar des Libanongebirges bedeckten. Heute existiert nur noch ein Restbestand in den hochgelegenen Gebirgsregionen. Der Raubbau durch den Menschen begann in pharaonischen Zeiten, im Jahre Null waren die Wälder abgeholzt für den Bau ganzer Schiffsflotten, die Errichtung der Pyramiden in Ägypten und die weitläufigen Tempelanlagen von Karnak, Memphis und Theben.

Ich strecke mich, ich schließe die Augen, die müde geworden sind. Seit heute Morgen habe ich mich im Internet herumgetrieben, viel zu lange, jetzt ist es fast Mittag. Ich drehe mich auf meinem Bürostuhl ein bisschen hierhin, ein bisschen dahin. Ein kräftiger Schubs rollt mich rückwärts. Das verschafft mir Abstand vom Schreibtisch. Allerdings nicht lange, denn keine Minute später ruft mich mein Postfach mit einem Pling-plong zurück an den Bildschirm.

Die Mail stammt von Aldo, Betreff: Symmetrische Spiegelung II. Was los sei, fragt er, seit heute Morgen versuche er mich auf dem Handy zu erreichen, leider erfolglos, er habe mir auf der Mailbox eine Nachricht hinterlassen und freue sich auf meinen Rückruf.

Symmetrische Spiegelung II? Mir fehlt jede Idee, was das bedeuten könnte.

Fünfundzwanzig

Symmetrische Spiegelung

Es ist fast zweiundzwanzig Uhr, als ich bei Aldo klingele. Er bewohnt die obere Etage einer alten Villa. Die Fenster seiner Wohnung sind schwach erleuchtet, wie von Kerzenschein, im Erdgeschoss ist es dunkel. Er meldet sich über die Sprechanlage, ein Summton antwortet auf meinen Namen, ich drücke die Haustür auf. Licht springt an, doch der alte Kristallleuchter, seit Jahrzehnten vermutlich nicht mehr geputzt, erhellt das Entree kaum bis zum Treppenaufgang. Die Zeit hat Patina über die Wandvertäfelung gelegt, ein abgetretener Orientteppich bedeckt den Steinboden. Ich steige breite, knarrende Holzstufen hinauf.

Aldo erwartet mich in der Tür. Und strahlt.

»Je später der Abend ...«, sagt er und umarmt mich fester als sonst, irgendwie glücklich. Die Flügeltüren zum Wohnzimmer sind weit geöffnet, leise Musik ist zu hören und zu sehen, dass er in Gesellschaft einer Frau ist. Sie hat es sich bequem gemacht, ihre Riemchensandalen liegen neben dem Sessel. Im Moment sehe ich sie nur von hinten, ihren schwarzen, wie Lack glänzenden Pagenkopf, ihren geschmeidigen Nacken und die Träger eines Sommerkleids auf ihren Schultern. Und ich sehe ein Bild im riesigen Museumsformat, das an der Wand lehnt.

»Ah«, sage ich und deute vom Flur aus auf das Bild, »die Symmetrische Spiegelung II oder?«

»Gut, nicht wahr. Aber komm erstmal rein, dann siehst du es besser.«

Aldo schiebt mich ins Wohnzimmer, seine Hand streicht über meine Taille.

»Ich habe mir gedacht, wir sollten meine Errungenschaft zusammen mit der Künstlerin feiern«, sagt er.

Der Pagenkopf wendet sich jetzt um. Ich sehe eine junge Frau, die lächelnd ihr Glas abstellt und ein wenig umständlich aus dem Sessel kommt, weil sie gleichzeitig mit den Füßen nach ihren Sandalen angelt. Sie ist sehr zierlich, kleiner als ich, und hat ein schönes, sympathisches Gesicht. Mitte zwanzig könnte sie sein. Und ihr Kleid etwas länger, denke ich. Auf den ersten Blick wirkt es wie ein Trägerhemdchen aus dunkelrotem Samt, auf den zweiten wie das *Kleine Unpassende* für besondere Anlässe.

»Ich bin Henriette«, sage ich und gebe ihr die Hand.

»Und ich bin Una«, ihr Händedruck ist ein Schmetterling, »freut mich, dich kennenzulernen.«

Aldo stellt mir Una in wenigen Sätzen vor. Ich erfahre, dass sie Absolventin der hiesigen Kunsthochschule ist, dass er sie auf der Vernissage ihrer ersten eigenen Ausstellung kennengelernt hat und sofort hingerissen war. »Von ihren Bildern«, wie er so unnötig wie unglaubwürdig nachschickt. Denn Una, die Eine, ist beunruhigend schön, sie ist eine Frau, die mich an marokkanische Rosen, Absinth und Zellophan denken lässt.

Was Aldo wohl über mich gesagt haben mag? Wird er mich als gute, als langjährige oder als alte Freundin bezeichnet haben? Ich denke, er wird von mir als der Frau seines besten, leider verstorbenen Freundes gesprochen haben.

»Bin gleich wieder da«, sagt er und ist dann in der Küche verschwunden. Es ist zu hören, wie Schubladen aufgezogen, Schranktüten geöffnet, knisternde Tüten aufgerissen werden.

Derweil betrachte ich interessiert Unas Bild. Sie steht neben mir, die Arme untergeschlagen, den Kopf leicht schräg gelegt, als begutachte sie ihr Werk mit fremden Augen. Mir ist klar, dass ich was sagen muss und nicht nur »gefällt mir« oder »gefällt mir nicht«. Mit Bildern ergeht es mir ähnlich wie mit Menschen, die ich beim ersten Händedruck sympathisch, unangenehm oder langweilig finde. Auch Liebe auf den ersten Blick kommt vor. Ich tue, als müsste ich das Bild auf mich wirken lassen, obwohl ich spontan begeistert bin. Würde ich zeigen, wie sehr, könnte es übertrieben wirken, unglaubwürdig wie Schmeichelei.

Ich sehe und sehe. Farben und Formen sehe, die auf der großen, fast quadratischen Leinwand ein faszinierendes Spiel treiben. Sie spiegeln und widerspiegeln einander nach rätselhaften Regeln, wobei jede Spiegelung das Gespiegelte minimal variiert und ein fantastisches Muster erzeugt. Je länger man es betrachtet, meint man pflanzliche und geologische Formationen aus einer Anderswelt vor sich zu haben.

Die Farben sind nur schwer zu beschreiben. Da gibt es ein total übergeschnappte Rot. Und ein Gelb nahe am Erlöschen. Ein Meergrün, das dem Auge ölig vorkommt. Und ein Blau, das einer unbekannten Religion anzugehören scheint. Auch Schwarzorange kann eine Farbe sein. Gold bleibt immer Gold, sakral und erhaben.

Ein Korken knallt, gefolgt von einem Zischen. Vor meinem geistigen Auge sehe ich eine Champagnerflasche überschämen. Una wohl auch. Wir grinsen. Wenig später erscheint Aldo mit einem Tablett, auf dem Tablett Schokoladentrüffel, Käsegebäck und drei Champagnergläser, in denen es aufreizend perlt.

Wir stoßen an.

»Auf die schönen Künste und die Leichtigkeit des Seins«, sagt er, sieht von Una zu mir und wieder zu Una. Die hält seinen Blick fest, und er kann sich nur schwer von diesen strahlenden Augen lösen. Aldo weiß um seine Wirkung auf junge Frauen, auf Frauen überhaupt. Auch ich finde ihn sehr begehrenswert in diesem Moment. Wir trinken, die Nacht beginnt zu funkeln.

»Und? Was sagst du zu dem Bild?«

Aldo sieht mich erwartungsvoll an. Una schiebt einen Schokoladentrüffel zwischen ihre Lippen.

»Ich finde es schwierig, über ein abstraktes Bild zu reden.«

»Warum schwierig?«, fragt Una.

»Bei einem gegenständlichen Bild kann ich mich an konkrete Dinge halten, doch wenn da nur Farben und Formen sind, habe ich Probleme, meine Gedanken verständlich rüberzubringen. Leute, die im Kunstbetrieb unterwegs sind, können das. Ich leider nicht. Und rumschwafeln und Blödsinn reden, will ich auch nicht. Gefällt mir ein Bild oder fasziniert es mich sogar, kann ich nur sagen, dass es so ist, nicht aber warum.«

Ich nehme ein Stück Käsegebäck. Es knuspert, bricht und blättert im Mund, schmeckt nach Greyerzer und braucht einen Schluck zum Nachspülen. Und noch einen. Ich trinke aus.

»Übrigens bin ich nur selten von einem abstrakten Werk auf Anhieb gefesselt«, füge ich hinzu, »den meisten muss ich mich vom Kopf her nähern, mich also erst mit der Bild-Idee oder der Absicht des Künstlers beschäftigen, sonst bleibt nur ein optischer Eindruck übrig.«

»Du drückst dich um eine Antwort«, sagt Aldo.

»Ich drücke mich nicht, mir fehlen die Worte.«

»Wie soll ich das verstehen?«

»Na, dass ich sprachlos bin. Unas Bild haut mich um, es ist unglaublich, glaublich gut, faszinierend, toll … Was soll ich sagen?«

Una umarmt mich, eine spontane Geste, die mir unangenehm ist. Absinth, marokkanische Rosen, Zellophan. Mir zu nah, ich zu fremd. Über Unas Schulter hinweg sehe ich zu Aldo, der mir einen Luftkuss schickt. Ich gebe ihn an sie weiter, hauche ihr den Kuss ins Haar. Aldo schenkt unsere Gläser voll, dreht die Musik lauter und nimmt die leere Flasche mit in die Küche. Dieses Mal ist nur ein Plopp zu hören, kein Zischen, kein Überschäumen. Una swingt durchs Zimmer, barfuß, verzückt, das Glas in der Hand. Der Trüffel in ihrem Mund beult die Backentasche aus.

»Hast du schon einen Platz für das Bild?«, fragt sie, als Aldo zurück ist.

»Ich bin noch nicht sicher«, antwortet er.

Wir ziehen mit dem Bild im Wohnzimmer umher. Der Raum ist hoch, hat taubenblaue Wände und eine Stuckdecke, das Mobiliar ist klassisch modern. Wir sind uns einig, dass dieses Bild eine ganze Wand für sich allein braucht und dass dies die Wand gegenüber der Sitzgruppe sein muss.

Eine halbe Stunde später hängt das Bild. Wir sind so begeistert von der Wirkung, dass wir uns wie zum Picknick auf dem Boden niederlassen, um uns sattzusehen. Wir trinken, wir trinken reichlich, wir lachen viel und rauchen etwas, das uns mit jedem Zug alberner macht. Es lässt das Herz galoppieren, packt die Musik in Watte und stellt die Zeit auf Unendlich. Die Dinge um uns herum fangen an, sich zu verändern, sie teilen und dehnen sich, manche zerfließen, andere grinsen. Das sieht so komisch aus, dass wir nicht aufhören können zu lachen. Und während wir in der Mitte der Mittsommernacht mit dem letzten Schluck aus der letzten verfügbaren Flasche auf die Kunst und die Künstlerin anstoßen, auf Aldos Besitzerstolz und die Schnödheit des Mammons, auf den Leichtsinn des Seins und den Unsinn im Leben, hat der Himmel einen Blutmond in die Nacht gehängt. Gigantisch wie der Meteor *Melancholia* steht er plötzlich hinter den Fenstern. Aldo hält Una im Arm, ich lehne an seiner Herzseite und fühle mich rotgold. Ich spüre, wie ich in einen merkwürdigen Zustand abdrifte, in eine Art Schlaf, der mein Tagesbewusstsein nicht ausschaltet. Ich schlafe, bin zugleich wach und weiß, dass ich meinen Schlaf träume. Ein luzider Traum. Anders als in einem nachtschlafenden Traum bin ich dem Geschehen nicht ausgeliefert. Ich könnte ihm jederzeit eine andere Richtung geben. Oder den Traum verlassen.

In diesem geträumten ungeträumten Schlaf gehe ich in Unas Symmetrischer Spiegelung spazieren. Wie in einem Garten. Wie in einer Welt, wo sich Farben und Formen in Edelstein verwandelt haben. In einer Vegetation aus edlen Steinen spaziere ich umher. Pflanzen, Blätter und Blüten leuchten in satten Farben, goldbraun die Baumstämme aus Topas, dunkelrot, fast schwarz der Karneol, der als Harz aus der Borke tritt. Im Gebüsch Granat- und Kristallbeeren, an hohen Ästen die Früchte des Saphirs, noch unreif und wässrig wie Opal. In voller Blüte der Rosenquarz, der lila Amethyst, das geheimnisvolle Tigerauge. Am Abaschmu-Baum platzen die Schoten, Trommelstein fällt aus. Samenperlen. Trommelnd.

Im Schatten einer Smaragd-Zypresse warte ich auf Gilgamesch. Wie auf einen Geliebten, um den meine Gedanken kreisen und kreisen. Seine Vergangenheit hat er noch vor sich, die Zukunft liegt bereits hinter ihm. Ich könnte sie ihm voraussagen, denn seine Geschichte ist noch nicht zu Ende, nur eine weitere Etappe wird er auf seiner Suche nach Unsterblichkeit zurückgelegt haben, wenn er in drei Doppelstunden durch das östliche Tor des Zwillingsgebirges in diesen Garten tritt.

Seit Enkidus Tod ist er unterwegs zu Uta-napischti, dem Wissenden, der ihm das Geheimnis des ewigen Lebens enthüllen soll. Die Angst vor dem eigenen Tod hat Gilgamesch rastlos gemacht, sie hat ihn hinaus in die Steppe getrieben, weiter und immer weiter bis an den Rand des Zwillingsgebirges, das die sichtbare von der unsichtbaren Welt trennt. Seine Gipfel stützen das Weltall, sein Ur-Grund ist im Großen Unten verankert, im Innern verbirgt sich der nächtliche Teil der Sonnenbahn. Undurchdringlich ist dort die Finsternis, das Eingangstor im Westen bewachen Skorpionmenschen. Ein Strahlenkranz umgibt sie, auf Adlerbeinen schreiten sie einher, ihr gepanzerter Leib, der den Giftstachel trägt, endet in Brusthöhe. Schulter, Kopf und Arme gleichen denen der Menschen, ihre Hände sind Schneidewerkzeuge. Seit dem ersten Schöpfungstag bewachen sie den Lauf der Sonne. Ihr allein öffnen sie zur Nacht das Tor, damit sie das Bergmassiv durchqueren und am folgenden Tag erneut über der Welt aufgehen kann.

Eine Skorpionmenschen-Frau war es, die in dem erschöpften Wanderer Gilgamesch und seine göttliche Abstammung erkannte. Seine zerfetzten Kleider, der ausgezehrte Körper, die hohlen Wangen und das verbrannte Gesicht konnten sie nicht täuschen. Sie machte sich zu seiner Fürsprecherin und redete zu den versammelten Skorpionmenschen. Sie sagte, dass man dem, der Gott und Mensch sei, den Weg freimachen müsse, damit er ihn bis ans Ende gehen könne. Große Mühsal habe er auf sich genommen, reißende Flüsse habe er durchquert, mit Löwen gekämpft, Hitze und Kälte, Hunger und Durst ertragen, um bis hierher zu gelangen, das sei noch niemandem gelungen. Nachdem sie diese Rede gehört hatten, ließen die Skorpionmenschen Gilgamesch ins Berginnere ein.

Auf der anderen Seite des Zwillingsgebirges, im Edelsteingarten, im Schatten der Smaragd-Zypresse warte ich nun auf ihn. Neun Doppelstunden hat er bereits zurückgelegt, drei Doppelstunden muss er noch gehen. Die Finsternis um ihn ist undurchdringlich, er sehnt sich ans Licht, er klagt, er singt. Eine frische Brise streift ihn, schenkt ihm Hoffnung und zieht ihn vorwärts. Selbst in einem geträumten ungeträumten Schlaf wie diesem greift die Sage, die Dichtung, der Mythos um den König von Uruk nach mir. Und bereitet mir Kopfschmerzen, entsetzliche Ganzkörperkopfschmerzen. Nicht nur das. Ein flimmerndes Tier brütet unter meiner Schädeldecke, ein anderes wütet in meinem Magen, und im Ohr sitzt mir ein Ochsenfrosch und brüllt. Es ist nicht auszuhalten, es ist empörend.

Ich muss raus aus diesem Traum und quäle mich in die

Senkrechte. Ich sitze. In einem Bett. In Aldos Schlafzimmer. Der Spiegel an der Decke erkennt mich nicht. Etwas rutscht von meiner Stirn: ein Beutel Eiswürfel.

Sechsundzwanzig

Die Steinernen

Noch immer ist Sommer. Keine Wolke am Himmel, der Tag schwebt. Neununddreißig Grad sind vorhergesagt. Alex, Marthas Lebensgefährte, ein rüstiger Mensch Anfang neunzig, hat sie wie an den Tagen zuvor wieder der an den Swimmingpool gefahren. Dort sitzt sie im Rollstuhl, beschattet von ihrem Sonnenhut, über den Knien das Plaid. Sie so dasitzen zu sehen, hat stets beruhigend auf mich gewirkt, heute macht es mich besorgt. Vor einer Woche ist sie hundertdrei geworden. Mein Geschenk hat Alex in den Baum gehängt. Es ist eine Äolsharfe, die der Wind mit Sphärenklängen bespielt. Und verweht.

Es fällt mir schwer, mich an den PC zu setzen und an dem Text weiterzuarbeiten, den ich mir als Nacherzählung vorgestellt hatte und der mich leider abgeschüttelt hat. Fremd und dunkel ist er für mich geblieben. Mehr als Annäherungen an ein Phantom in einer untergegangenen Welt wollen mir nicht gelingen. Ursache ist nicht das Fragmentarische des Textes, es ist das Heute, das mir den Zugang zur Vergangenheit verwehrt.

Mir ist klargeworden, dass der Text mir nicht das erzählt, was er einem Zuhörer vor fünftausend Jahren erzählte. Was für mich Sage ist, ausgeschmückt durch orientalische Fabulier- und Erzählkunst, war für den antiken Zuhörer ein wahrheitsgetreuer Bericht über die Heldentaten eines Königs Gilgamesch und seines Gefährten Enkidu. Der Himmel war nah, die Götter existierten leibhaftig, sie wandelten unter den Menschen, erschienen ihnen in vielerlei Gestalt, führten sie, auch hinters Licht, griffen ins Geschehen ein und redeten durch Träume zu ihnen. Träume lassen sich durchaus als Visionen, Vorahnungen, Intuitionen deuten, Träume sind ein erzählerischer Kunstgriff, der neugierig auf den Fortgang des Geschehens machen soll: Erfüllt sich der Traum, die Weissagung, der Fluch?

Wenn das Epos Gilgameschs Gestalt als riesenhaft und seine Kräfte als gigantisch darstellt, war das ein Hinweis auf einen bedeutenden, ja überragenden Herrscher und machte plausibel, dass er mit seinen langen, weit ausschreitenden Beinen den Weg in den Libanon in nur drei Tagen zurücklegen konnte. Das Epos erzählt in Zeichen, Metaphern, Symbolen.

Was aber bedeutet es, wenn es heißt: »Enkidu raunte über Gilgamesch wie über einem Weib« oder in anderer Übersetzung: »Gilgamesch liebte Enkidu wie eine Gattin und liebkoste ihn«? Eine Anspielung auf Homosexualität dürfte es nicht gewesen sein. Ich lese es als Intimität im Sinne einer großen Vertrautheit, tiefen Zuneigung, innigen Verbundenheit, ich lese es wie die Umschreibung einer Gefühlslage, für die es in der Keilschrift kein Zeichen gab.

Viel Zeit ist vergangen.

Ich lehne noch immer am Fenster und beobachte Martha mit Sorge. Eben hat Alex ihr ein Glas Orangensaft nach draußen gebracht. Er hat sie sacht an der Schulter berührt, wie man jemanden berührt, den man nicht erschrecken will. Sie aber war eingenickt, er ist zurück ins kühle Haus gegangen. Noch immer zittert sie und zittert das Glas, das sie mit beiden Händen umfasst hält.

Zwei Wochen ist mein letztes Rendezvous mit Gilgamesch her. Keine Zeile habe ich seitdem geschrieben. Den Edelsteingarten hat er längst verlassen und ist hinunter zum Meer gegangen, wo die Wirtin Siduri ein Brau- und Wirtshaus betreibt. Er hat sie nach dem Weg zu Uta-napischti gefragt und erfahren müssen, dass der Unsterbliche jenseits des Meeres zu finden sei und dass kein Mensch das Meer überqueren könne. Da, wo der Horizont beginnt, sie zeigt hinüber, beginne das *Wasser des Todes*, das alles Lebendige lähme und vernichte. Allein dem Fährmann Ur-schanabi und seiner Mannschaft, *den Steinernen*, könne das todbringende Wasser nichts anhaben.

Und wie es Zufall und Epos wollen, entdeckt Siduri, während sie noch mit Gilgamesch redet, den Fährmann ganz in der Nähe des Wirtshauses. Er und die Steinernen haben begonnen, Bäume zu fällen. Aus den Bäumen sollen Stocherstangen gemacht werden. Dreihundert sind nötig, um den Kahn durch die Todesgewässer zu bringen, weil jede Stange nach einmaligem Gebrauch zerbricht.

Doch vor den Erfolg haben die Götter schon im Altertum Fleiß und Schweiß gesetzt, im Gilgamesch-Epos kommt erschwerend ein Kampf hinzu. Denn als Gilgamesch den Kahn besteigen will, stellen sich ihm die Steinernen in den Weg. Doch Gilgamesch zerschmettert sie mit der Axt.

Die Natur *der Steinernen* gibt Rätsel auf. Es fällt schwer, sich Wesen aus Stein vorzustellen, die sich bewegen können. Ich denke sie mir *steinern*. Harte Burschen habe ich vor Augen, Männer mit *steinernen* Muskeln, hart gegen sich selbst, wenn sie den Kahn mit baumlangen Stocherstangen vorwärtstreiben. Wer sich tödlicher Gefahr aussetzt, darf nicht weich sein, unerschrocken und furchtlos muss er handeln. Ein harter Kern braucht eine harte Schale, am besten eine schusssichere Weste, an der selbst der Tod abprallt.

Martha hat das Glas, ohne einen Schluck zu trinken, auf den Boden gestellt. Ihre Hände ruhen wieder gefaltet auf dem Plaid. Ich löse mich vom Fenster, um mich endlich an den PC zu setzen.

Siebenundzwanzig

Im Schwemmland

Ich habe eine sehr konkrete Vorstellung von dem jenseitigen Land, in das die Götter Uta-napischti versetzten, nachdem sie ihm Unsterblichkeit gewährt hatten. Das Epos nennt ihn *einen in die Ferne Entrückten*. Und welches Land könnte, auch in der Vorstellung der Sumerer, entrückter und ferner gewesen sein als das Sumpfgebiet an den Unterläufen von Euphrat und Tigris? Vor fünftausend Jahren mündeten sie noch als getrennte Flüsse ins Meer, denn die nördliche Küstenlinie des Persischen Golfs verlief damals etwa zweihundert Kilometer weiter landeinwärts und bedeckte so das Tiefland, in dem sich nach der Sintflut und dem Sinken der Meeresspiegel beide Ströme eine gemeinsame Abflussrinne, den heutigen Schatt al-Arab schufen.

Jenes lebensfeindliche, undurchdringliche Sumpfgebiet mit seinen dschungelartigen Schilfwäldern war von einem labyrinthischen Kanalgeflecht durchzogen, darin eingebettet flache Inseln, Verstecke, die nur mit einem Boot zu erreichen waren, das man mit Hilfe einer Stocherstange fortbewegte. In diesem Urwald aus Schilf war jeder Eindringling verloren.

Vor vielen Jahren habe ich im Oxforder Pitt-Rivers-Museum eine Fotoausstellung gesehen, die meine Vorstellung von der jenseitigen Welt des Uta-napischti bis heute bebildert. Die Aufnahmen, alles Fotos in Schwarzweiß, dokumentierten das Schwemmland im südlichen Irak, wie es sich noch in den 1950er-Jahren darbot. Ich sah ein Land ohne Ufer, das mit dem Himmel verschwimmt, Dunst, Hitze, ein schlammiges Licht, und die Luft durchseucht von Insekten, das Wasser tückisch. Träge durchströmt es das Tiefland, bildet unversehens Strudel, steht lange unbeweglich da, dann aber steigt es und steigt, bevor es in Bewegung kommt und in rasender Fahrt, als sei die Erde abschüssig geworden, dem Ozean zustürzt.

Im Foto festgehalten das fließende Schilf, im fließenden Schilf kleine und kleinste Inseln. Auf den Inseln *Mudhifs*, Bauwerke, die aus dem einzig zur Verfügung stehenden Material, nämlich Schilf, errichtet wurden. Ohne Nägel, ohne Holz, wie vor fünftausend Jahren zur Zeit der Sumerer.

Mudhifs waren keine simplen Schilfhütten, sondern architektonische Meisterwerke. In Erinnerung geblieben ist mir ein Versammlungshaus mit einem hohen und weiten Innenraum, eine Art Halle, überdacht von einem beeindruckenden Tonnengewölbe, das von massiven Schilfsäulen getragen und gestützt wurde. Die Wände eines solchen Mudhifs bestanden aus stabilen, im unteren Drittel zu kunstvollen Gittern geflochtenen Schilfmatten. Durchlässig für Licht und Luft. Man saß auf Orientteppichen und lehnte an Kissen, die sich an den Wänden entlang reihten. Im Zentrum des Raums ein Ziegelherd für die Zubereitung des starken arabischen Kaffees.

Dort kamen sie zusammen, die Söhne des Löwen, die Stammesältesten der Marsch-Araber, um zu beraten, zu verhandeln und Streit zu schlichten. Dort saßen bärtige Männer mit verwitterten Gesichtern und tranken dampfenden schwarzen Kaffee. Obwohl es nur Bilder waren, konnte ich riechen, wie sich der Kaffeeduft mit dem Feuerrauch und dem Geruch des von der Sonne durchwärmten Reeds mischte.

Gut vierzig Jahre später gab es das alles nicht mehr. So konnte man es im Begleitmaterial zur Ausstellung lesen. Saddam Hussein hatte das Schwemmland trockenlegen lassen, über 15.000 Quadratkilometer. Es war zum Rückzugsgebiet seiner Gegner geworden, zum Versteck schiitischer Rebellen. Er hatte Dämme entlang von Euphrat und Tigris bauen lassen und die Flüsse umgeleitet. Das Schwemmland verwandelte sich in Staub, tote Erde, Wüste.

Doch dieses Stück Zukunft ist noch ungeschrieben, ja unvorstellbar, als Gilgamesch und Ur-schanabi das Boot für die Überfahrt mit dreihundert Stocherstangen beladen. Gilgamesch hatte sie selbst herstellen müssen, da die Gehilfen des Ur-schanabi, die Steinernen, ja nicht mehr existierten. Dreihundert Zedern hatte Gilgamesch zu fällen, hatte sie von Ästen und Rinde zu befreien und nach den Anweisungen des Fährmanns aus den Stämmen Stocherstangen zu machen; jede musste mit einem Knauf versehen sein.

Die erste Stocherstange zerbricht in den Wassern des Todes, dann eine zweite, eine dritte, eine vierte … Und nach der zweihundertneunundneunzigsten zerbricht auch die letzte. Dreitausend Jahre vor Odysseus macht Gilgamesch ein Hemd zu einem Segel. Er reißt es dem Fährmann vom Leibe und hält es zwischen seinen ausgebreiteten Armen in den Wind.

So erreichen sie das jenseitige Land, wo der weitsichtige

Uta-napischti sie am Ufer verwundert in Empfang nimmt. Denn als er das Boot in der Ferne erblickte, fragte er sich, warum die Steinernen nicht an Bord sind, statt ihrer aber jemand, dem die Überfahrt nicht zukommt.

Achtundzwanzig

Salomo Kapitel 3

Gestern Morgen wurde Marthas Asche dem Wind übergeben. Keine Trauerfeier und ein Grab in der Luft, das war ihr Wunsch gewesen. Fast entschuldigend hat Alex es mir vor einer Stunde mitgeteilt und mir die Urkunde gezeigt, auf der Zeitpunkt und Koordinaten ihrer Luftbestattung festgehalten sind.

Ein Grab in der Luft. Mit dieser Vorstellung bin ich eingeschlafen. Und wieder aufgewacht. Mitten in der Nacht. Eine Hand hat meine Schulter gestreichelt. Mein Herz zittert.

»Hagen?«

Niemand antwortet, natürlich nicht. Ich schlage die Bettdecke zur Seite und stehe auf, es ist zwei Uhr, ich gehe im dunklen Zimmer hin und her, ohne dass sich mein Herz beruhigt. Am Fenster bleibe ich stehen und betrachte die Nacht. Wie zum ersten Mal sehe ich, dass unser Mondlicht keine Farben kennt. Er beleuchtet eine ins Graue gekippte Welt. Kaltes Weiß liegt auf den Wänden, Mauern werfen harte Schatten.

Ich denke an Martha und an ein Bibelwort, wonach alles seine Zeit und jedes Vorhaben unter dem Himmel seine Stunde hat. Doch es hängt mir nur noch lose im Gedächtnis, das Bibelwort. Ich möchte es nachlesen und gehe hinauf in mein Arbeitszimmer. Da ich die Fundstelle nicht kenne, befrage ich das Internet: Prediger Salomo, Kapitel 3 in der christlichen Bibel, Buch Kohelet, Kapitel 3 in der hebräischen Bibel.

Zum letzten Mal hatte ich meine Bibel am Konfirmationstag in den Händen. Glaube ich. Sie ist mir nie verlorengegangen bei all den Aus-, Um- und Wegzügen im Leben. Griffbereit stand sie immer im Regal. Geduldig und ungelesen.

Es ist ein merkwürdiges Gefühl, das dicke, in schwarzes Leinen eingebundene Buch mit der goldenen Schrift auf dem Rücken wieder aufzuschlagen. Es wiegt schwer, ich blättere, ich lese im Gedenken an Martha, schließe Hagen ein, und mich selbst:

Geboren werden hat seine Zeit, sterben hat seine Zeit,
pflanzen hat seine Zeit, ausreißen, was gepflanzt ist, hat seine Zeit,
töten hat seine Zeit, heilen hat seine Zeit,
abbrechen hat seine Zeit, bauen hat seine Zeit,
weinen hat seine Zeit, lachen hat seine Zeit ...

Ich lege die Bibel mit der offenen Seite auf den Schreibtisch und schlage im Gilgamesch-Epos die Zehnte Tafel auf, in der sich, soweit ich mich erinnere, ganz ähnliche Verse finden:

Es gibt eine Zeit, da bauen wir ein Haus,
es gibt eine Zeit, da wärmt uns ein Nest,
es gibt eine Zeit, da teilen sich die Brüder das Erbe,
es gibt eine Zeit, da herrscht im Lande der Hass,
es gibt eine Zeit, da schwillt der Fluss an und bringt die Flut ...

Die Worte sind Teil einer Moralpredigt, in der Uta-napischti Gilgamesch klarzumachen versucht, wie selbstsüchtig er in seiner Suche nach Unsterblichkeit handelt. Statt sich um das Wohl seines Volkes zu kümmern, statt es zu schützen und zu leiten, was Aufgabe eines Königs sei, überlasse er sich seiner Trauer um den Freund. Dass dies zu nichts führe, ihn nur erschöpfe, trübsinnig und schlaflos mache, sehe er ja. Seine Wangen seien hohl geworden und seine zerschlissenen Kleider eines Königs unwürdig. Uta-napischti ermahnt ihn, sich seiner Gaben und Fähigkeiten zu besinnen und sie zu nutzen, Er solle endlich aufhören, seine Lebenszeit zu vergeuden. Dem Tod werde er ohnehin nicht entgehen, der Tod sei gewiss, ungewiss nur der Zeitpunkt, und den würden die Schicksalsgötter bestimmen.

Doch Gilgamesch will davon nichts hören. Am liebsten würde er das Wissen um Unsterblichkeit aus Uta-napischti herausprügeln, doch er beherrscht sich und wiederholt seine Frage, wie es kam, dass die Götter ihm Unsterblichkeit zusprachen. Uta-napischti beantwortet sie indirekt, indem er ihm von der Sintflut erzählt.

Neunundzwanzig

Vor uns die Sintflut

Ich frage mich, was sich Gilgamesch von der Unsterblichkeit verspricht. Wim Wenders zeigt uns in seinem Film *Der Himmel über Berlin* einen Engel, der tagein, tagaus stumm und unsichtbar durch die Großstadt schlendert und die Menschen beobachtet. Bald schon wünscht er sich einen sterblichen Körper, der lieben und leiden kann. Unsterblichkeit kommt ihm banal vor, er verzichtet gerne darauf, so viel verheißungsvoller erscheint ihm ein Leben als Mensch und so viel begehrenswerter eine Seele, die das Herz im Körper bewegen, es stolpern und auch höherschlagen lassen kann.

Die Geschichte, die Uta-napischti Gilgamesch von der Sintflut erzählt, ist uns aus dem Alten Testament bekannt. Uta-napischti heißt dort Noah und sein Gott Jahwe. Anders als die sumerischen Götter duldete der allmächtige Gott der Bibel keine anderen Götter neben sich. Während die Götter am Euphrat sich in ihrer himmlischen Ruhe ziemlich schnell vom Lärm der Menschen gestört fühlten, sah der alleinige Gott lange zu, wie die Nachkommen der Paradiesbewohner ihre Bosheit und Niedertracht auslebten, bevor er sich eingestand, dass der Mensch ein misslungenes Geschöpf war und von der Erde verschwinden musste.

Im einen wie im anderen Fall erschien den Göttlichen eine verheerende Flut als das Mittel der Wahl. Doch auf den Entschluss folgten die Zweifel. Während den sumerischen Göttern klarwurde, dass niemand sie anbeten und mit Opfergaben versorgen wird, wenn es den Menschen nicht mehr gibt, kam der biblische Gott in Konflikt mit seinen Grundsätzen. Einen Mann wie Noah, der im festen Glauben an ihn sechshundert Jahre lang fromm und tugendhaft gelebt hatte, durfte er nicht untergehen lassen.

Sowohl Noah als auch Uta-napischti wurden vorgewarnt, Noah von seinem Gott persönlich, Uta-napischti von einem Traum, den ihn sein Schutzgott, der Weisheitsgott Ea, sehen ließ. Zusammen mit der Warnung bekam jeder die Bauanleitung für einen schwimmenden Kasten, hebräisch: Arche. Das Gehäuse sollte nicht nur der eigenen Rettung dienen, sondern auch der Rettung der Familie. Für Noah gehörten seine drei Söhne, seine Frau und die Frauen seiner Söhne zur Familie, und zwar in dieser Reihenfolge laut Bibel, für Uta-napischti war Familie die ganze Sippe.

Eine weitere Bedingung war, alles mitzunehmen, was auf Erden kreuchte, fleuchte, atmete, von jeder Gattung ein Paar, Männchen und Weibchen. So luden die Auserwählten ein, was einzuladen war. Uta-napischti packte noch Saat und Samen dazu und bot auch den Vertretern der Künste eine Mitfahrgelegenheit. Sein Kasten war groß genug, größer als Noahs Arche, die mit ihren 133 Metern Länge, 22 Metern Breite und 13 Metern Höhe weniger fasste als Uta-napischtis Würfel, dessen Kantenlänge 60 Meter betrug.

In jenen Tagen basierte das Rechensystem im Zweistromland auf der Zahl 60. Die ließ sich an zwei Händen abzählen. Der linke Daumen zählte die Fingerglieder der übrigen Finger an der linken Hand. Und kam so auf 12. War das erste Dutzend abgezählt, merkte es sich die rechte, zur Faust geschlossenen Hand, indem sie einen Finger ausstreckte. War das zweite Dutzend abgezählt, streckte sie einen weiteren Finger aus. Auf diese Weise konnte man fünf Mal ein Dutzend abzählen. Selbst Himmel und Erde ließen sich nach dem Sexagesimalsystem in 360 Abschnitte einteilen, was allerdings mehr als zwei Hände brauchte.

Wie die Gedanken umherschweifen, gerade in der Nacht. Wie sie mit mir durch mein dunkles Haus wandern. Wie sie den Mund trocken machen. Ich gehe in die Küche.

Im Kühlschrank kalte Milch, kaltes Bier, und im Kopf die Götterversammlung, in der sich Ea nach der Sintflut verantworten musste, weil er den Plan zur Vernichtung der Menschheit unterlaufen hatte. Sein Glück war es, dass seine Mit-Götter inzwischen eingesehen hatten, dass eine Erde ohne Menschen langweilig war. Damit niemand sein Gesicht verlor, deuteten sie das Handeln des Weisheitsgottes in der Weisheit letzten Schluss um und begeisterten sich für seine Idee, die nachwachsende Menschheit durch Raubtiere, Hungersnöte, Seuchen, und wenn auch das nichts half, auch mit Unfruchtbarkeit kleinzuhalten. Den Skandal des Verrats vertuschten sie, indem sie Uta-napischti mit Unsterblichkeit adelten und ihn in die Ferne entrückten, in eine transzendentale Welt hinter der Welt im Mündungsgebiet von Euphrat und Tigris.

Aber noch sind die Fluten nicht über die Menschen hereingebrochen, noch sehen Noah und Uta-napischti, getrennt durch Jahrtausende, der Stunde des Aufbruchs entgegen. Während der Mann in Palästina sieben Tage abwarten muss, muss der Mann am Euphrat die aufgehende und die untergehende Sonne im Auge zu behalten. Regnet es Kuchen, wenn der Morgenhimmel sich rot färbt, und regnet es Weizen in der Abenddämmerung, ist es Zeit, in die Arche zu gehen und die Tür von innen mit Erdpech abzudichten.

Altorientalisten haben sogar die doppelbödige Göttersprache erforscht. Danach kann *Kuchen* ebenso gut *Finsternis* und das Wort *Weizen* auch *Unglück* bedeuten. Alles eine Frage der Betonung, denke ich. Und der Hellhörigkeit.

Das Wasser wird also kommen, und es wird steigen. Sorgen brauche ich mir keine zu machen, denn der biblische Noah und der mesopotamische Noah haben bereits Einzug in die Arche gehalten, mit Mann und Maus, mit Kind und Kegel und mit dampfenden Bottichen voller Erdpech.

Während sich im Alten Testament ein Unwetter zur Heimsuchung der Welt zusammenbraut, schleudern im Gilgamesch-Epos die Unterweltgötter lodernde Fackeln aus den Erdspalten. Doch kaum steht das Zweistromland in Flammen, versinkt es schon wieder in Schwärze, gefolgt von Stille, jener Totenstille, die dem Sturm vorangeht. Einen ganzen Tag lang, eine ganze Nacht lang dauert Adads Raserei, bevor sich im Morgengrauen ein neues Brüllen in sein Wutgeheul mischt. Es ist das Brüllen der Flut. Eine Wasserfront bricht sich Bahn. Deren Ausmaß und Gewalt versetzt selbst die Götter in Angst und Schrecken. Sie entfliehen in den Himmel und rollen sich ein wie Hunde. Die Muttergöttin Belet-ili aber schreit auf, aus Leibeskräften schreit sie heraus, wie sehr sie es bereut, auf der Götterversammlung für die Ausrottung der Menschen gestimmt zu haben. Es seien ja *ihre* Geschöpfe, die jetzt von den Fluten fortgerissen werden. Sie weint, sie kann es nicht mitansehen, dass tote Menschenleiber wie bleiche Fischschwärme im Meer treiben. Belet-ili weint und die Unterweltgötter weinen mit ihr. Niemand wird ihnen künftig noch Opferspeisen bereiten, zu denen sie früher zusammenkamen wie die Fliegen zu einem Festmahl.

Das Wasser steigt. Das Wasser steigt unaufhörlich. Es stürzt vom Himmel und sprudelt aus der Erde. Bald überspült es die höchsten Berge. Aber eines Tages kommen die Wasser zur Ruhe, in Mesopotamien nach sieben, im biblischen Palästina nach vierzig Tagen.

Dass die Zeitangaben in antiken Texten nicht der realen Dauer von Tagen, Monaten und Jahren entsprechen, sondern symbolische Bedeutung haben, ist bekannt. In der Bibel stehen *sieben Tage* für einen Zeitraum göttlichen Wirkens, *vierzig Tage* für eine Zeit der Prüfung, Versuchung und Bewährung. Auch im Alten Orient hatten die Zahlen 7 und 40 eine symbolische Bedeutung. Die Zahl 7 war das Zeichen für die göttliche Ordnung, die Abläufe im All, die Einheit des Kosmos'. Die Zahl 40 repräsentierte als ein Vielfaches der Zahl 4, die für Vollkommenheit stand, ein Höchstmaß an Weisheit. 40 war die Symbolzahl des Weisheitsgottes Ea.

Ich mache die Kühlschranktür wieder zu, da ich mich nachts um halb vier weder für kalte Milch noch für ein kaltes Bier erwärmen kann. Auch nicht für den Rotwein in der angebrochenen Flasche auf dem Tisch. Also Tee.

Während ich das Wasser aufsetze und warte, 90 Grad reichen für den Grünen aus Korea, muss ich daran denken, wie oft Noahs Arche Cartoonisten zum Witzeln reizte. Ich erinnere mich an Spechte und Bohrwürmer, die sich artgerecht an den Schiffswänden zu schaffen machten, und an Tauben, die statt mit einem Ölzweig im Schnabel mit Handys, Sonnenbrillen und anderem Wohlstandsmüll zurückkehrten. Selbst für das Aussterben der Einhörner fanden die Cartoonisten Erklärungen. Mal hatte das Einhorn-Pärchen die Abfahrt verpasst, obwohl die Arche verspätet ablegte, weil Noah noch auf das Eintreffen der Faultiere und Schnecken wartete; mal heißen die Einhörner Carlos und Eduardo, dann wieder stand Noah vor der Wahl, die letzten freien Plätze zwei Einhörnern oder zwei Autos zu überlassen. Pech hatten auf jeden Fall die Stinktiere, weil Noah deren Bordkarten für ungültig erklärte. Und überhaupt stank es ihm gewaltig, täglich den ganzen Scheiß der Tiere vom Deck zu schrubben.

Nur selten ließen die Cartoonisten die Arche auf dem Berg Ararat stranden. Entweder bohrte sich die Freiheitsstatue in ihren Rumpf oder der Eiffelturm spießte sie auf, selbst der Kölner Dom war ihnen für eine Havarie nicht zu schade, auch in einem Windpark war die Arche schon hängengeblieben.

Das Teewasser kocht, ich ziehe den Kessel von der Platte, warte, dass es abkühlt, warte und denke, wie sehr die biblische Sintflut-Geschichte dem Sintflut-Bericht im Gilgamesch-Epos doch gleicht. Hier wie dort findet sich die Arche auf einem Berg wieder, als der Wasserspiegel sinkt. Noah strandete auf dem Ararat, Uta-napischti auf dem Nimusch, der heute *Pire Megrun* heißt. Beide Berge sind in aktuellen Karten verzeichnet. Der Ararat, ein 5000 Meter hoher, selbst im Sommer schneebedeckter Vulkan, liegt in Ostanatolien unweit der türkischen Grenze zu Armenien, Reiseveranstalter bieten Trekkingtouren zu den Überresten der Arche an. Auf demselben Längengrad liegt etwa 800 Kilometer weiter südlich in Ostkurdistan der Pire Megrun.

Ich gieße den Tee auf, lasse ihn ziehen, trinke ihn ohne Hast und schaue zu, wie draußen der Tag beginnt. Es ist die Stunde vor Sonnenaufgang, sie lockt mich hinaus in den Garten.

Tiefe Stille umgibt mich, die Luft ist seidig und warm wie in einem südlichen Land; ein neuer heißer Tag kündigt sich an. Erdgeschichtlich leben wir in einer Warmphase der noch immer herrschenden Eiszeit, eine unbedeutende Klimaschwankung mit erhöhten Temperaturen zwischen dem letzten Schüttelfrost und dem nächsten Fieberschub unserer Erde. Sie erwärmt sich und wird sich weiter erwärmen, Gletscher und Polkappen schmelzen, der skandinavische Eisschild taut, ebenso das Inlandeis auf Grönland, es wird verschwinden, das Eis, die Meeresspiegel werden steigen. Eisfreie Polkappen gehören zum Normalzustand unserer Erde. Vor uns die Sintflut. Schiffe werden nicht reichen, uns über Wasser zu halten. Allenfalls mit Raumschiffen könnte es gelingen, denken wir. Rette-sich-wer-kann. Im All halten wir nach einer neuen Erde Ausschau, im Gepäck tiefgefrorene Eizellen und Sperma. Froher Hoffnung können wir sein. Ein erstes Fähnchen steckt bereits im Marsstaub, und auf dem Mond haben wir einen Fußabdruck hinterlassen. Vom Baum der Erkenntnis haben wir gegessen, viel zu reichlich, unsere Hirne sind vollgestopft mit Erkenntnis. Verstopft.

Mit bloßen Füßen streife ich im Gras umher, wie in einem zeitlosen Jetzt. Dieses Stück Erde, dieses Haus, diese

Stadt werden in einer fernen Zukunft vom Meer bedeckt sein. Noch gehe ich trockenen Fußes.

Es wird Zeit, dass die Urväter Noah und Uta-napischti den dritten Vogel freilassen. Die Wasser haben sich verlaufen, weder Noahs Taube noch Uta-napischtis Rabe werden zurückkehren. Noah wird einen Altar bauen und seinem Gott mit einem Opfertier für die Errettung danken, Uta-napischti wird auf einen Fels steigen und den vier Winden ein Rauchopfer darbringen. Die biblische Sintflut-Erzählung schließt mit einem Regenbogen, der den Bund Gottes mit den Menschen besiegelt. Im Epos jedoch ist Uta-napischtis Sintflut-Bericht noch nicht zu Ende, denn sein Sinn liegt ja darin, Gilgamesch noch vor Augen führen, dass es das von ihm vermutete Geheimnis der Unsterblichkeit nicht gibt. Er, Uta-napischti, und seine Frau hatten sie ohne eigenes Zutun erlangt, sie hatten die Sintflut überlebt, weil sie gewarnt worden waren. Ein Gott, der in der Götterversammlung für die Vernichtung der gesamten Menschheit gestimmt hatte, hatte diesen Plan unterlaufen. Überlebende durfte es nicht geben, aber es gab sie. Um den Verrat zu vertuschen, wurde ihnen in einer weiteren Götterversammlung Unsterblichkeit zuerkannt. Uta-napischti macht Gilgamesch damit klar, dass es für die Götter keinen Grund gibt, zusammenzukommen, nur um ihm, der sich vor dem Tod fürchtet, Unsterblichkeit zuzusprechen, selbst wenn er der Herrscher von Uruk ist.

Ich sehe, wie der Nachthimmel seine Sterne verliert. Eine Ahnung von Blau tönt jetzt den Morgen. Ein hauchzarter Moment, vergänglich wie ein Duft. Ich atme. Der jüngste Tag ist immer jetzt.

Dreißig

Scheherezade

Die Musik, die ich zum Abschied aufgelegt habe, hört er nicht. Kann er nicht hören. Für ihn wären es fremde Klänge und für sein Ohr wohlmöglich Disharmonien. Aufgelegt habe ich *Dance Of Fire*, eine Vinylplatte mit orientalisch inspiriertem Jazz von und mit Aziza Mustafa Zadeh, einer Komponistin, Sängerin und Pianistin aus Aserbaidschan.

Es ist mein letztes Treffen mit Gilgamesch, es muss vorbei sein, nur das Schlusskapitel steht noch aus. Ich hatte vor, es ihm bei einem Essen im Za'atar zu erzählen, einem kürzlich eröffneten arabischen Restaurant. Die Küche war so gut, dass plötzlich andere Themen Flügel bekamen. Eine köstlichere Gemüse-Tajine hatte ich nie zuvor gegessen und noch nie ein Dessert, das so unglaublich süß war. Es hieß Babussa. Babussa, das sind flache, goldbraun gebackene und in Rauten geschnittene Grießküchlein, die mit Orangenblütensirup getränkt und vor dem Servieren mit gehackten Pistazien bestreut werden. Sie trieften vor Sirup, tropften und kleckerten. Und schmeckten himmlisch. Ich verging. Ein kräftiger Kaffee, aufgekocht mit Kardamom, beschloss unser Mahl. Während ich auf die Rechnung wartete, wurde zur Erfrischung Rosenwasser über uns zerstäubt. Der Duft folgte uns auf die Straße, doch das Schlusskapitel war noch immer nicht erzählt.

Nun werde ich mein Versprechen einlösen. Die Musik im Hintergrund könnte passender nicht sein. Gilgamesch, mein Gast und Zuhörer ist ein Mann mittleren Alters, ein Orientale, elegant, höflich, kultiviert, ein freundlicher Mensch mit schwarzen Augen, markanter Nase und einem kurzen, gepflegten Bart, dessen Konturen exakt rasiert sind. Ob er rauchen dürfe? Auch Hagen hatte ja geraucht. Den Aschenbecher finde ich da, wo er immer war. mein Gast bevorzugt amerikanische Zigaretten. Und ein goldenes Feuerzeug. Er führt es an seine Zigarette, lässt eine Flamme aufspringen, seine Hand zittert ein wenig. Für einen Mann hat er ungewöhnlich feine, ungewöhnlich schlanke Hände. Es sind die Hände eines Mannes, der Sklaven für sich arbeiten lässt. Er lehnt sich zurück, ein langer Blick trifft mich und macht mich zur Scheherezade.

So wenig wie er die Musik hört, die ich zum Abschied aufgelegt habe, so wenig hört er meine Stimme. Kann sie nicht hören. Kann die Sprache nicht verstehen, die ihm vom endgültigen Scheitern seiner Suche nach Unsterblichkeit erzählt.

»Du warst unendlich müde«, so beginne ich, »dein Weg in eine Welt jenseits der Welt, die uns Sterblichen zugänglich ist, hatte dich erschöpft, und Uta-napischtis Sintflut-Bericht hatte dir die Vergeblichkeit deines Strebens bewusst gemacht. Dein Weg war ein Irrweg, zu dieser Einsicht wollte Uta-napischti dich bringen. Nicht nur mit dem Kopf solltest du es begreifen, am eigenen Leibe solltest du erfahren, wie vergeblich dein Bemühen war. Er forderte dich auf, sechs Tage und sieben Nächte wach zu bleiben. Der Schlaf, sagte er, sei der Bruder des Todes. Wer den Schlaf nicht besiege, sei nicht stärker als der Tod. Doch seine Worte erreichten dich schon nicht mehr, denn du warst im Sitzen eingeschlafen.

Uta-napischti ließ dich schlafen, ahnte aber, dass du nach dem Erwachen in Abrede stellen würdest, überhaupt geschlafen zu haben. Also ließ er seine Frau jeden Tag ein Brot backen und es neben dich legen. Sieben Brote waren es geworden, als er dich weckte. Er zeigte dir die Brote, zeigte dir eins nach dem anderen. Das erste Brot war inzwischen steinhart geworden, das zweite war bereits trocken, das dritte von Schimmel befallen, das vierte mit schwammigen Pocken überzogen, das fünfte zeigte erste Flecken, das sechste war beinahe frisch, das siebente sogar noch warm von der Asche, in der es gebacken worden war.

Verzweiflung überkam dich. Dir war bewusst geworden, dass der Tod dich immer und überallhin begleiten würde, keinen Schritt würdest du ohne ihn tun können, sogar dein Nachtlager würde er umschleichen. ›Was soll ich nur machen‹, fragtest du Uta-napischti, ›wohin nur soll ich gehen?‹ Uta-napischti antwortete dir nicht. Die Antwort, die du nicht bekamst, war seine Antwort.

Es gab nur einen Weg für dich, und der führte zurück nach Uruk. Doch nicht wie ein zerlumpter Reisender solltest du in deine Stadt kommen. Dein Volk sollte seinen Herrscher wiedererkennen. Uta-napischti ließ dir ein Bad bereiten. Das Wasser erfrischte deinen Leib und belebte deine Seele, das Wasser wusch nicht nur Staub und Vergangenheit von dir ab, es wusch auch alles ab, was dich bedrückte. Dein verfilztes Haar bekam wieder Glanz. Die Felle, die du am Leib getragen und dein Aussehen entstellt hatten, warf Uta-napischti ins Meer. Das Meer schwemmte sie fort. Angetan mit einem Würdenkleid, um die Schultern den Königmantel, der nicht verblassen und seine Leuchtkraft niemals verlieren würde, so stiegst du zu Ur-schanabi, dem Fährmann, in den Kahn.

Das Würdenkleid war dein gereiftes Bewusstsein, Wissen und Weisheit hattest du bei deiner Suche erlangt. Du hattest endlich die Begrenztheit deiner Lebenszeit erkannt. Und akzeptiert. Der Königsmantel war die Kraft, die dich zu weisen und gerechten Entscheidungen befähigte. Er verlieh dir die Würde und das Ansehen eines Herrschers, der das eigene Wohlergehen hinter das Wohlergehen seines Volkes zurückstellte.

So gefestigt, gestärkt und voller Zuversicht sahst du dem weltlichen Ufer entgegen, als Ur-schanabi den Kahn vom Ufer abstieß. Dass Uta-napischti den Fährmann mit einem Fluch belegt hatte, konntet ihr nicht ahnen. Der Fluch löschte in seinem Gedächtnis die Erinnerung an den Weg, der in die Welt hinter der Welt führte. Der, der einen Sterblichen bis dorthin gebracht hatte, sollte das Wasser, das die Welten trennt, nie wieder befahren.«

Die Musik, die ich zum Abschied aufgelegt habe, ist verstummt. Der Tonarm des Plattenspielers hat seine Ruheposition eingenommen. Mein arabischer Gast ist gegangen, und ich habe es nicht einmal bemerkt. Waren wir nach dem Essen tatsächlich zu mir gefahren? Oder bin ich mir selbst zur Scheherezade geworden? Ich bin am Ende des Gilgamesch-Epos' angekommen. Fast. Die Episode mit der Pflanze des Herzschlags, die den, der von ihr isst, Jugendfrische bis ans Lebensende schenkt, habe ich im siebenten Kapitel vorweggenommen. Sie würde sich nun anschließen.

Uta-napischti würde Gilgamesch zum Trost dafür, dass er sich mit seiner Sterblichkeit abfinden muss, die Stelle offenbaren, wo er jene Pflanze findet, nämlich an der tiefsten Stelle des Süßwasserozean, den die Mesopotamier sich unter der Erde vorstellten. Gilgamesch würde nach ihr tauchen. Er würde sie an Land bringen, aber eine Schlange würde sie ihm stehlen. Mit leeren Händen, aber im Königsmantel, würde er nach Uruk zurückkehren. Er würde mit Ur-schanabi, dem Fährmann, der sein Begleiter wurde, auf die Mauer steigen, die Uruk umgibt. Von oben würde er ihm die Stadt zeigen. Seine stolzen Worte sind auf einer Keilschrift-Tafel erhalten geblieben:

»Über eine Quadratmeile erstreckt sich das Wohnviertel, über eine Quadratmeile dehnt sich das Gartenland, eine ganze Quadratmeile messen die Weiden, eine halbe Quadratmeile der Tempelbezirk. Drei Quadratmeilen und eine halbe, das sind die Maße von Uruk.«

Einunddreißig

Gold to go

Aldo wollte mir eine Stadt zeigen, die meine Sicht auf Gilgamesch und den Orient verändern würde. Ich müsste bloß ja sagen, meinen Pass einstecken und ihn im Oktober für ein paar Tage begleiten. Um Flug und Hotel würde er sich kümmern. Ob ich raten wolle, wohin es gehe? Obwohl ich es ahnte, nein wusste, antwortete ich »Timbuktu?« Wir lachten. Dass es Timbuktu nicht sein würde, war klar.

Aus Oktober ist November geworden und aus Timbuktu Abu Dhabi; nur im Wüstenklima dürften die beiden Städte einander ähnlich sein. Abu Dhabi ist vollklimatisiert, luxuriös und größenwahnsinnig, erbaut von Wüstenprinzen, die zu Sonnenkönigen wurden. Wo ihren Vorfahren der Sand ein Sofa war, das ausgebreitete Tuch ein Tisch und die rechte Hand das Besteck, stellen sie, die Nachfahren der Beduinen, einen Reichtum zur Schau, der menschliches Maß übersteigt.

In unserem Hotel, Eigentum der Herrscherfamilie Al-Nahyan, gibt es im achten Stockwerk sechs geheime Suiten, die kein Geheimnis sind. Jede Suite ist 680 Quadratmeter groß, hat eine Raumhöhe von sechs Metern und über dem zentralen Raum eine Kuppel, die Prunk, Plüsch und Pomp überwölbt; drei Badezimmer mit Waschbecken aus massivem Gold gehören zur Ausstattung.

Diese »Ruler-Suites« kann niemand mieten. Scheich Khalifa bin Zayed Al-Nahyan, Oberhaupt der Herrscherfamilie und Premierminister des Emirats Abu Dhabi, hat sie den Herrschern der befreundeten Emirate zur unentgeltlichen Nutzung überlassen, ein Geschenk an Brüder. Das Geschoss wird streng bewacht, für uns Sterbliche ist es unzugänglich. Separate Aufzüge befördern die nach oben, die den Blick der Sterblichen scheuen, ihre Luxuslimousinen werden auf verborgenen Rampen hinaufgefahren und auf roten Teppichen geparkt. Mich schüttelt's, während Aldo davon erzählt.

Wir sind auf dem Weg ins *Le Café*, das im Erdgeschoss liegt. Dort sind wir mit Karl-Heinz verabredet, einem guten Freund. Er ist Journalist und hat sich für ein halbes Jahr in Abu Dhabi niedergelassen, um über das Emirat zu schreiben; Aldo ist der Fotograf an seiner Seite. In den letzten Monaten war er oft hier. Das Projekt ist so gut wie abgeschlossen, nur ein paar Nachtaufnahmen vom Louvre Abu Dhabi fehlen noch. Die sollen heute dazukommen.

Wir gehen über blitzblanke Ornamentböden aus Marmor. Wir durchqueren Foyers im Vertrauen darauf, dass die tonnenschweren Kristallleuchter fest in der Decke verankert sind. Wir begegnen einem Panzerschrank, der sein wahres Gesicht unter einer Schicht Blattgold verbirgt. Es ist ein Gold-to-go-Automat. Sobald er die eingeschobene Kreditkarte für akzeptabel hält, funktioniert er so simpel wie ein Zigaretten- oder Getränkeautomat: Antippen des Screens, Gewicht des Goldbarrens wählen, dem Automaten Zeit geben, den besten Goldkurs zu finden, derweil der

Überwachungskamera ein Lächeln schenken, dann den errechneten Betrag bestätigen und den Auswurf samt Quittung entnehmen. Wir wenden uns ab.

Wir, die Sterblichen, gehören zum touristischen Konzept des Emirats. Touristen sind die Geldbringer der Zukunft. Die Zeit, da Erdöl bedeutungslos sein wird, ist absehbar. Touristischer Lockstoff sind die Superlativen, das Nie-Dagewesene, das Atemberaubende, das Unvorstellbare und Nicht-zu-Übertreffende. Dieses Konzept überlässt uns in einem Hotel-Palast ein Zimmer zum Preis eines deutschen Fünf-Sterne-Hauses. Unser *Coral-Room* gehört zur untersten Kategorie, er ist 55 Quadratmeter groß, hat einen eigenen Butler, ein Marmorbad mit Whirl-Wanne, einen Balkon mit Blick über die Künstlichkeit einer Pool-Landschaft. Und ein Kingsize-Bett.

»Ich verzeihe es dir«, sage ich zu Aldo und überlege, ob ich den Cappuccino, der mir soeben im *Le Café* serviert wurde, zurückgehen lasse. Statt Kakao findet sich Goldpuder auf dem Milchschaum und über dem Goldpuder ein mit flüssiger Schokolade gezeichneter Moschee-Umriss.

»Gold ist für den menschlichen Organismus ungiftig …«

Karl-Heinz, der plötzlich am Tisch steht, muss mir meine Skepsis angesehen haben. Da wir uns monatelang nicht gesehen haben, würden wir uns am liebsten umarmen. Doch weder er noch ich möchten riskieren, dass man uns wegen anstößigen Benehmens des Landes verweist. Es ist verboten, in der Öffentlichkeit Zärtlichkeiten auszutauschen. Ein Faltblatt, ausgegeben am Flughafen von der Touristenpolizei, hat uns über Verhaltensregeln in dem islamischen Land belehrt. Also begnügen wir uns mit einem Händedruck. Aldo bekommt nach arabischer Art einen Bruderkuss. Die

Wüste ist einsam, sage ich mir, die Freude groß, wenn man in der Ödnis auf eine menschliche Seele trifft.

Sie bestellen ein Bier. Und bekommen es. Ich bin überrascht und erfahre, dass sich der Satan Alkohol inzwischen Zutritt zu den internationalen Hotels verschafft hat. Mittels Ausschanklizenz.

»Na, dann ...«

Wir reden über unseren Flug und über das aktuelle politische Geschehen in Deutschland. Ein bisschen Smalltalk zum Warmwerden. Schnell sind wir beim Sport, zunächst beim Großen Preis von Abu Dhabi, dann beim Fußball und den Klubs Paris Saint-Germain und Manchester City, die von den Scheichs gekauft wurden. Und wie sieht es mit der Weltmeisterschaft 2022 aus? Ja, sie findet in Katar statt. Smalltalk ist Smalltalk.

Derweil habe ich den 24-karätigen Goldpuder auf meinem Cappuccino mit dem Löffel zusammengeschoben. Vorsichtig, ganz vorsichtig schiebe ich den Löffel unter den goldenen Milchschaum, hebe ihn ab und lasse ihn zwischen meinen Lippen verschwinden. Die erwartete Explosion am Gaumen bleibt aus.

»Und?« Aldo und Karl-Heinz sehen mich amüsiert an.

»Ich schmecke nichts«, sage ich, »gar nichts schmecke ich, Gold ist geschmacklos.«

Das *Le Café* ist nicht wirklich ein Café, es ist ein Ensemble von Samtsesseln und Samtsofas in der Mitte einer Marmorhalle. An einem lackschwarzen Konzertflügel eine zierliche Asiatin, die Evergreens vor sich hin spielt. Touristen-Gruppen werden herumgeführt, Hotelgäste schlendern vorbei, Araber in langen, blütenweißen Gewändern, ihren Dischdaschas.

Alle fotografieren alles, in erster Linie sich selbst in diesem Ambiente. An den Tischen um uns herum werden hungrige Smartphones pausenlos mit Eis-Kreationen unter Goldgespinsten gefüttert, mit bombastisch dekorierten Kuchenstücken, Sandwiches aus der Zukunft und goldflirrenden Drinks.

Aldo und Karl-Heinz diskutieren ihre Vorstellungen von den Nachtaufnahmen des Louvre Abu-Dhabi. Ich werde das Museum bei Tag sehen, morgen, wenn wir es gemeinsam besuchen. Seine Architektur soll das eigentliche Ereignis sein, zumindest faszinierender als die ausgestellten Objekte, meinen Aldo und Karl-Heinz.

Draußen ist es inzwischen dunkel geworden. Autor und Fotograf wollen hinaus in die Nacht, um ihre Bilder zu machen. Ich gehe bis zum Fahrstuhl mit und dann weiter in den illuminierten Garten. Zweihundert leuchtende Springbrunnen empfangen mich, zweihundert angestrahlte Palmen. Keine Sterne, nur ein schmaler, auf dem Rücken liegender Mond. Für einen Moment sehe ich die silberne Barke, mit der Sin, die Mondgottheit der Mesopotamier, das Sternenmeer befuhr.

Zweiunddreißig

Lichtregen

Das Licht über dem Persischen Golf ist gleißend, das Wasser kristallklar, die Sonne fließt hinein und lässt es von innen leuchten. Wir haben das Boot dem Bus vorgezogen, um zum Louvre Abu Dhabi zu gelangen. Unsere Tickets sind zugleich die Eintrittskarten, so bleibt uns das Warten in der Schlange erspart. Karl-Heinz hat sich ausgeklinkt, er will arbeiten, sein Verlag wartet auf das fertige Manuskript.

Vom Wasser aus gleicht das Museum einer futuristischen, ins Meer gebauten Siedlung. Blendendweiße Quader in einer türkisblauen Lagune, überdacht und beschattet von einer flachen, riesigen Kuppel. Wie aus mattem Silber schwebt sie über den kubischen Bauten. Es ist viel berichtet worden über dieses Kuppeldach, seine Konstruktion und seine kolossalen Ausmaße von 180 Metern Durchmesser. Die Stahlkonstruktion besteht aus sieben übereinander gelegten Gitter-Schichten, die ein sternförmiges Muster mit 7.850 exakt berechneten Öffnungen erzeugen und das einfallende Licht je nach Tageszeit und Sonnenstand in einen Lichtregen verwandeln. Das Gewicht der Kuppel entspricht dem des Eiffelturms. Inspirationsquelle für den Architekten Jean Nouvel soll der gefleckte Schatten im Palmenhain einer Oase gewesen sein. Die Scheichs hätten nicht weniger als ein neues Weltwunder verlangt, heißt es.

Es muss in der Natur der Mächtigen angelegt sein, egal wann und wo sie herrschten, dass sie an die Stelle ihrer Sterblichkeit Bauwerke setzten und noch immer setzen, damit wenigstens ihr Name die Ewigkeit überdauert. Namenlos die Sklaven. Götter waren und sind sie alle, die Herrschenden, mindestens Halbgötter oder überzeugt von ihrer göttlichen Bestimmung.

Ich bin ungeduldig, ich bin neugierig und voller Erwartung. In Gedanken werde ich Hagen, meinen toten Mann, mitnehmen. Mit meinen Augen werde ich für ihn sehen. Wie sehr ich wünsche, er wäre hier, jetzt, hier an meiner Seite.

Dass ich lange ins Nichts geschaut haben muss, merke ich erst, als ich Aldos Blick auf mir spüre. Er muss mich beobachtet haben.

»Du hast an Hagen gedacht?«

Ich wende den Kopf zum Containerhafen, der auf der anderen Seite der Bucht liegt.

Wenig später gleiten wir unter dem lichtgesprenkelten Schatten der Kuppel auf den Bootsanleger zu. Mit an Bord ist eine Touristengruppe, offenbar Niederländer und offenbar bester Laune. Es wird gelacht und gefilmt und viel gedrängelt beim Aussteigen. Eine breite Treppe, deren unterste Stufen vom Wasser umspült werden, führt ins Museum.

Ich vergesse zu atmen in diesem Regen aus Licht. Er fällt über Wände und Böden und zeichnet sie mit geheimnisvollen Lichtern. Ein magischer, ein poetischer, ein verzauberter Moment. Wir schauen und schauen, von unten erscheint die Kuppel wie ein lichtdurchlässiges Flechtwerk.

»Bei Dunkelheit kehrt sich der Effekt um«, sagt Aldo, »dann dringt das Licht von drinnen nach draußen. Auf den Fotos, die wir letzte Nacht gemacht haben, sieht das Museum aus wie das Modell des Sternenhimmels, auf anderen Fotos denkst du, da ist ein UFO gelandet.« Er lacht. »Wir können uns die Bilder ja nachher ansehen.«

»Sehr gerne«, sage ich, während wir langsam weitergehen.

Es ist angenehm kühl trotz der offenen Bauweise. Selbst an einem Novembertag wie diesem beträgt die Außentemperatur noch 30 Grad, im Sommer werden es fast 50 Grad sein. Kein Luftstrom weist auf eine Klimaanlage hin. Wasserflächen spiegeln und reflektieren die Lichter, die aus dem Regen kommen. Wasser, Licht, weiße Raumquader. In jedem Quader befindet sich ein Ausstellungssaal, es gibt große und kleinere, fünfundfünfzig insgesamt. Ihre Anordnung wirkt zufällig, verschachtelt wie eine typisch arabische Altstadt, die Medina.

Wir mäandern durch ein Labyrinth weißer Mauern. Mal öffnet sich unerwartet der Blick aufs Meer, dann wieder auf die Skyline von Abu Dhabi. Im Augenblick haben wir wenig Lust, uns von den Besuchermassen durch die Ausstellungen schieben zu lassen. Menschen aller Hautfarben und Sprachen fluten das Museum, alle Formen der Verschleierung kommen vor, von der schwarzen, bodenlangen Abaya, dem verhüllten Gesicht mit einem Augenpaar im Sehschlitz, über kunstvoll drapierte Kopftücher oder locker übers Haar geworfene Chiffonschals bis zu den Nonnenschleiern von Ordensschwestern. Die vielen Chinesen fallen mir auf, auch weil sie laut sind. Chinesisch, so scheint mir, ist eine Sprache, die geschrien werden muss.

Milliarden Menschen sind dem Reisen verfallen. Unterwegssein als Freizeitvergnügen. Vergnügen? Die Welt wird uns schmackhaft gemacht. Im Fall von Abu Dhabi mit diesem grandiosen, atemberaubend schönen Museum. Das schmückt sich mit Kunstwerken aus fünf Jahrtausenden, aus allen Kontinenten, Zeiten und Kulturen. Alles fremde Federn, denke ich, denn die Exponate sind ausgeliehen. Der Louvre Paris hat sie der Namensschwester in Abu Dhabi überlassen. Für zehn Jahre. Für eine Leihgebühr von rund einer Milliarde Dollar.

Nach mehreren Stunden ist es geschafft, wir sind durch, es war anstrengend. Den letzten Ausstellungssaal verlassen wir mit einem Gefühl von Déjà-vu. Wir haben gesehen, was wir aus europäischen Museen kennen: Alte Meister, klassische Moderne, altgriechische und neurömische Skulpturen, Altertümer aus Ägypten und Vorderasien, Handschriften, kostbare Ausgaben von Koran, Bibel und Thora, Buddha-Köpfe, Masken und Kultgegenstände aus Afrika und Südamerika, dazu Gemälde von Van Gogh, da Vinci, Gauguin, Yves Klein, Mondrian, Picasso ... Déjà-vu!

Unter all den Werken haben wir keins von einem hiesigen Künstler entdecken können. Aldo meint, es liege daran, dass es hier keine Tradition in der Bildenden Kunst gebe. Stilepochen wie in Europa, China oder Japan hätten sich nicht entwickelt. Die einzige Stilrichtung sei, wenn man das überhaupt Stilrichtung nennen könne, die Hypermoderne. Architektur, Hochtechnologie, Infrastruktur, nichts davon sei eigenständig hervorgebracht worden, nichts authentisch, alles eingekauft im Westen, das Neueste, Beste, Teuerste, von den modernsten Waffensystemen ganz zu schweigen.

Aldo ist stehengeblieben und sieht mich an.

»Man muss sich nur mal vor Augen halten«, sagt er, »dass es vor vierzig Jahren hier weder Strom noch fließendes Wasser gab; die Familien lebten vom Perlentauchen, Dattelanbau oder von der Viehzucht, und zwar ohne jeden Komfort. Und mit dem Erdöl sprudelten plötzlich die Petrodollars und Geld war im Überfluss da, so viel, dass die Herrscher bis heute Wohltaten verteilen können. Keine Steuern, kostenloses Bildungs- und Gesundheitswesen, Wasser zum Nulltarif. Wer weiß, wie lange noch.«

»So stellt man ein Volk ruhig«, merke ich an und halte diskret, aber vergeblich, nach einem Schild Ausschau, das zum Museums-Café weist.

»Ja«, sagt Aldo, »keiner soll auf die Idee kommen, die Monarchie in Frage zu stellen und nach Demokratie schreien.« Er macht eine Pause und mustert besorgt mein Gesicht. »Geht's dir nicht gut?«

»Doch, ja, gut, aber ich muss unbedingt was trinken und mich hinsetzen. Meine Füße mögen nicht mehr.«

»Dann müssen wir hier lang. Restaurant und Café befinden sich außerhalb des Museums.«

Wir gehen in Richtung Hauptfoyer. Doch schon nach wenigen Schritten hält uns ein Baum auf. Es ist eine schlanke, hoch aufragende Bronzeskulptur, die aussieht, als stütze sie das Kuppeldach. Durch deren Gitterwerk fallen Blätter aus Licht und sammeln sich auf dem Boden rund um die Skulptur.

Guiseppe Penone ist der Name des Künstlers. Wir zucken die Achseln. Nie gehört. Der Name des Werks: Germination. Keimung? Das Wort gefällt mir nicht, die Idee dahinter schon eher. Wir betrachten sie lange, die Skulptur, den Baum. Für mich hält er eine Geschichte bereit, die

Jahrtausende zurück ins alte Mesopotamien reicht. Zum Anfang der Anfänge.

Dreiunddreißig

Thron und Bett

In jenen Tagen, in jenen fernen Tagen,
in jenen Nächten, in jenen weit zurückliegenden Nächten,
in jenen Jahren, in jenen längst vergangenen Jahren,
in jener Zeit, als die ersten Dinge ihre Gestalt bekamen,
als die Himmel von der Erde sich trennten,
als die Götter zu ihrem Ruhm den Menschen erschufen,
als die Götter sich Himmel und Erde teilten,
als Anu das Weltall für sich beanspruchte,
als Enlil die Erde erhielt,
als die Unterwelt an Ereschkigal fiel,
als er Segel setzte, als er Segel setzte, als der Weisheitsgott Enki
die Segel setzte und hinaus aufs Meer fuhr,
als der Windgott Enkis Boot mit einem Hagelsturm überfiel,
als die Hagelkörner Enkis Boot wie Wurfgeschosse trafen,
als der Kiel erzitterte, als hätten Riesenschildkröten ihn gerammt,
als die Wellen wie Wölfe über den Bug hereinbrachen,
als die Wellen wie Löwen das Heck zerfetzen wollten,
in jener Zeit gab es einen Baum, einen einzelnen Baum,

der am Ufer des heiligen Euphrats wuchs, nahe am
Wasser,
der Sturm entwurzelte den Baum und schlug ihm die
Äste ab,
der heilige Euphrat aber trug den Baum fort und
schwemmte ihn bei Uruk wieder ans Land.
Eine Frau kam vorbei, die Frau war Ischtar,
Tochter des Anu und Schwester von Enlil,
sie nahm den Baum mit und pflanzte ihn in ihren
prächtigen Garten, sie stampfte die Erde um den Baum
mit ihren Füßen fest,
nicht mit ihren Händen,
mit ihren Füßen zog sie einen Wassergraben zum Baum,
sie wässerte ihn, wässerte ihn nicht mit ihren Händen.
Sie dachte: Wann wird daraus wohl ein prunkvoller
Thron werden,
auf dem ich Platz nehmen kann?
Sie dachte: Wann wird daraus wohl ein fürstliches Bett
werden,
auf das ich mich legen kann?
Fünf Jahre vergingen, zehn Jahre vergingen,
der Baum wurde mächtig, die Rinde blieb glatt.
In den Wurzeln aber nistete eine Schlange,
die keine Zauberformel und Beschwörung vertreiben
konnte,
in den Zweigen brütete der schreckliche Greif Anzu,
und im Stamm baute sich ein Geistermädchen eine
Höhle.
Das Geistermädchen lachte tagaus tagein,
Ischtar weinte.
Eines Morgens, als der Horizont hell wurde,

als die jungen Greife zu zetern begannen,
als das Geistermädchen aus vollem Herzen lachte,
als Schamasch sein Schlafgemach verließ,
bat Ischtar ihn, den Sonnengott, den Bruder, um Hilfe,
doch Schamasch zog ungerührt seine Bahn.
Ischtar weinte, oh, wie sie weinte, die Ischtar.
Doch da stand der junge Held Gilgamesch ihr zur Seite,
da erhob er seine Bronzeaxt und zerschmetterte die Schlange,
die keine Zauberformel und Beschwörung hatte vertreiben können,
da floh der schreckliche Greif Anzu mit seinen Jungen ins Gebirge,
da verschwand das Geistermädchen in die Wildnis.
Gilgamesch zog den Baum samt Wurzeln aus der Erde.
Aus dem Stamm schnitzte er Ischtar einen prunkvollen Thron,
aus dem Stamm schnitzte er Ischtar ein fürstliches Bett,
aus Wurzeln und Baumkrone schnitzte er sich Pukku und Ellag
für sein Lieblingsspiel.

Vierunddreißig

Kamelburger

Das Museums-Café befindet sich in einem separaten Gebäude. Heißer Wind schlägt uns entgegen, als wir ins Freie treten. Die Wüste beginnt gleich hinter der Stadt. Im Museum war es angenehm kühl, wie an einem luftigen Ort am Meer. Was für ein Temperaturwechsel, denke ich, und denke es kurz darauf wieder, als wir ins Café kommen. Die Aircondition läuft auf Stufe *Schockfrosten*. Zum Glück habe ich mich an die Kleiderempfehlung gehalten, wonach eine Frau Schultern, Arme und Knie in der Öffentlichkeit bedecken muss. Es ist also auszuhalten. Aldo gefällt mein Kleid. Und ich gefalle mir darin. Es ist aus Leinen, schlicht geschnitten und cremeweiß, es hat Dreiviertelärmel und reicht bis zu den Waden. Dazu trage ich Gold, etwas um den Hals und etwas am Ohr. Verglichen mit dem, was ich im Hotel an einigen topmodisch gekleideten, gänzlich unverschleierten Araberinnen gesehen habe, wirkt mein Schmuck eher armselig, in Deutschland würde man *dezent* sagen.

Das Ambiente im Café enttäuscht mich. Es hat das Flair einer Autobahn-Raststätte. Viel Weiß, etwas Türkis. Anstelle von Stühlen gibt es lange Reihen von Sitzbänken, offenbar für Großfamilien. Vor jedem Platz ein kleines

Tischquadrat. Die Bänke sind mit glattem weißen Leder bezogen, das von Leder-Imitat nicht zu unterscheiden ist. Die hohen Rückenlehnen versperren die Sicht auf die Bucht und Abu Dhabis Skyline.

Wir bestellen gegen den Durst frischen Ananassaft und für die Neugierde einen Kamelburger.

»Dreihundert VAE-Dirham. Nicht schlecht«, sagt Aldo.

»Das sind gerade mal 72 Euro«, gebe ich ironisch zurück, »wenn du an Luzern denkst, damals mit Hagen, da haben wir für drei Bier und drei Bratwürste umgerechnet genauso viel bezahlt.«

»Umgerechnet in D-Mark!«

Saft und Burger lassen auf sich warten. Museumsbesuche machen müde, wir reden nicht viel, ab und zu blitzen, ungerufen wie Popups, in meinem Kopf Bilder des Gesehenen auf: die funkelnde Lichtskulptur von Ai Weiwei, eine archaische Statue mit zwei Köpfen, die Jahrtausende alte, seltsam anrührende Figur einer Baktrischen Prinzessin im Zottenkleid, und immer wieder die monumentale Marmorwand mit den Keilschrift-Zeichen, die vom Anfang der Welt erzählt. Die Amerikanerin Jenny Holzer hat sie geschaffen. Als Vorlage dienten ihr zwei mesopotamische Tontafeln aus dem Bestand des Pergamon-Museums. Die kopierte sie, indem sie Zeichen für Zeichen in den Marmor schnitt. Das Werk will mich nicht loslassen.

Ich sehe hinüber zu dem jungen Mann, der unsere Bestellung aufgenommen hat; er steht an einem Tisch, an dem sich neue Gäste eingefunden haben. Er dürfte kaum älter als zwanzig sein. Aus welchem Land mag er kommen? Indien? Bangladesch? Es ist bekannt, dass die Einwohner am Golf gerne andere für sich arbeiten lassen. Auch dieser junge Mann, denke ich, wird wie die meisten Fremdarbeiter in einer der Sammelunterkünfte am Stadtrand leben, bescheiden, wenn nicht erbärmlich, und seinen Monatsverdienst nach Hause schicken, um die Familie zu unterhalten.

Aldos Blick ist auf einen unbestimmten Punkt hinter den Fenstern, hinter dem Meer gerichtet. Er hängt seinen Gedanken nach, so wie ich. Die Reise nach Abu Dhabi würde meinen Blick auf den Orient und Gilgamesch verändern, hatte er gesagt. Ich frage mich, wie er darauf gekommen ist, zumal er weiß, dass ich mich mit dem heutigen Orient allenfalls am Rande und mit dem Alten Orient nur im Zusammenhang mit dem Gilgamesch-Epos befasst habe. Und er weiß auch, dass ich in Gilgamesch stets den Mythos gesehen habe. Was also sollte meine Sicht verändern? Was erkenne ich nicht? Was übersehe ich?

Ich lege meine Hand auf Aldos Arm, um ihn aus seinen Gedanken zu holen. Ein Tablett steuert unseren Tisch an, auf dem Tablett zwei braune Höcker, die wie Kamelburger aussehen, und dazu zwei hohe, gelb gefüllte Gläser, denen das Halbrund einer Ananasscheibe an den Rand geklippt wurde. Die Eiswürfel klirren, als die Gläser vor uns hingestellt werden.

Fünfunddreißig

Das Ende

Für die Rückfahrt nehmen wir uns ein Taxi. In langer Reihe warten sie vor dem Museum. Unser Fahrer ist offensichtlich Pakistani, er trägt Salwar Kameez, die für Männer in seiner Heimat typische Pluderhose und das bis zu den Knien reichende, seitlich geschlitzte Hemd, alles in tristen Farben. Er lässt uns hinten einsteigen, wir rutschen auf dem Rücksitz nebeneinander.

Der Taxifahrer wendet sich zu uns um, einen Arm auf der Lehne, sieht aber nur Aldo an: »Sightseeing, Sir? Sheik Zayed Moschee? Ferrari World? Etihad Towers?«

Aldo schaut auf die Uhr: 17.25.

»Möchtest du?«

Ich winke ab, ich bin einfach zu müde.

»Thank you, Mister, no sightseeing,«, sagt Aldo und nennt ihm unser Hotel: »Emirate Palace.«

Als der Wagen anfährt, lehne ich meinen Kopf an Aldos Schulter. Er streicht mir durchs Haar. Das ist schön. Unter halb geschlossenen Lidern blicke ich aus dem Fenster und sehe das Meer.

Wir fahren über die kilometerlange Brücke, die Abu Dhabi City mit der Insel Saadiyat verbindet. Sie wurde eigens für den Museumsbau in der Meeresbucht aufgeschüttet und *Insel des Glücks* genannt. Nach der Brücke tauchen wir unter einer Hochstraße hindurch, biegen ab, fahren weiter auf einem mehrspurigen Highway.

Ich schließe die Augen und öffne sie auch nicht, als Aldo mir zuflüstert: »Wir sind jetzt auf der Corniche.«

Die Straße soll zu den schönsten Uferstraßen der Welt gehören, ich weiß, aber ich habe heute einfach genug gesehen.

»Ach ja?«, murmele ich müde.

Wir fahren. Ich merke, wie ich einnicke, Traumbilder schweben auf mich zu. Ein Kuss auf meiner Stirn verscheucht sie.

»Wir sind da«, sagt Aldo.

Als wir ins Taxi stiegen, war es draußen noch hell, jetzt ist es dunkel. Obwohl die Fahrt kaum länger als eine halbe Stunde gedauert haben dürfte, habe ich das Gefühl, dass wir um Mitternacht am Hotel angekommen sind. Ich steige aus, während Aldo das Taxi bezahlt.

Diese Nacht hat eine Farbe, die es nicht gibt: Schwarzorange. Und im Schwarzorange dieser Nacht erstrahlt unser Hotel wie ein festlich erleuchteter Palast. Den Aufgang säumen goldene Palmen, Spiel eines Lichtkünstlers. Und wie zum Vergnügen des Wassergotts sprudelt ringsum Gold aus allen Quellen, Fontänen und Geysiren im Hotelpark. Hunderte, Aberhunderte sind es. Reiseveranstalter nennen einen solchen Anblick *märchenhaft*. In mir weckt er ein Grauen. Ich muss in eine andere Richtung sehen. Aber da sind nur die Etihad Towers gegenüber vom Hotel. Wie fünf monströse, aus Glas und Licht errichtete Babylonische Türme ragen sie aus einem Ozean von Licht in einen Himmel ohne Sterne.

»Was ist mit dir?« Aldo legt den Arm um mich.

Ich reibe mir Sand aus den Augen. Sand weht mir ins Gesicht, Sand schmirgelt an meiner Haut. Kann sein, kann nicht sein, dass es an meiner Mattigkeit liegt oder an meinen müden Augen, dass die Lichter schwächer und schwächer werden. Kann sein, kann nicht sein, dass der gestrige Flug mir noch immer zu schaffen macht. Die letzten Meilen in den unruhigen Luftmassen über der Wüste haben nicht nur mir Angst gemacht, denn in den Sitzreihen wurden leise arabische Gebete gesprochen.

Wie bei einem totalen Stromausfall fällt die Stadt urplötzlich in Dunkelheit. Der eben noch festlich erleuchtete Hotelpalast wirkt wie ein Loch in der Nacht, wie ein Objekt aus dem denkbar schwärzesten Schwarz, einem Schwarz wie Vantablack, das alles Licht schluckt. Von Westen nähert sich ein Dröhnen. Es hört sich an wie das Brüllen einer Meute von Untieren, die in der Wüste geschlummert haben, nun erwacht sind und losstürmen. Durch die Nacht, die schwarzorange ist, geht ein Zittern. Ich reibe mir wieder und wieder Sand aus den Augen. Alles Gold.

Quellen

JEREMIAS, Alfred, Izdubar – Nimrod, eine Altbabylonische Heldensage nach den Keilschriftfragmenten dargestellt,
Teubner Verlag, Leipzig 1891

UNGNAD, Arthur und GRESSMANN, Hugo, Das Gilgamesch-Epos, Vandenhoeck & Ruprecht, Göttingen 1911

SCHOTT, Albert / VON SODEN, Wolfram, Das Gilgamesch-Epos, 1934 aus der Keilschrift übersetzt,
Reclam, Stuttgart 1980

RÖLLING, Wolfgang, Das Gilgamesch-Epos,
Reclam, Stuttgart 2009

MAUL, Stefan, Das Gilgamesch-Epos,
Verlag C.H. Beck, München 2012

Gilgamesh, Enkidu and the nether world: translation aus »The Electronic Corpus of Sumerian Literature« der Universität Oxford (englisch)
http://www.etcsl.orinst.ox.ac.uk